Claire McNab

Unter Verdacht

Claire McNab

Unter Verdacht

Offensive Krimi

aus dem amerikanischen Englisch
von Gerlinde Kowitzke

Frauenoffensive

1. Auflage, 2002
Originaltitel: Under Suspicion

(Metzstr. 14 c, 81667 München)

ISBN 3-88104-349-7

Druck: Clausen & Bosse, Leck
Umschlaggestaltung: Erasmi & Stein, München

Dieses Buch ist gedruckt auf Papier aus chlorfrei gebleichtem Zellstoff.

Die Personen

Carol Ashton	Kriminalkommissarin
Jill del Bosco	ihre Schulfreundin
Hal del Bosco	Rechtsanwalt
Peter Karfer	Kriminalkommissar
Michael Yench	Hauptkommissar, Scotland Yard
Debra Caulfield	Kommissarin, Scotland Yard
Leota Woolfe	FBI-Agentin
Frank Vertelle	FBI-Agent, Kursleiter
Nancy Pyke	FBI-Agentin
Ian Forteys, Nikki Lee u.a.	Kursteilnehmer

und viele andere

Prolog

Haben Sie je den Wunsch gehabt, einen Menschen umzubringen? Ich erinnere mich, als ich klein war, hatte ich oft im stillen eine solche Wut, daß ich wünschte, jemand würde für immer verschwinden, sich lautlos in Luft auflösen, in einer stinkenden Wolke verduften. Meistens malte ich mir nur aus, wie ich jemanden umbringen würde. Meine Fantasien waren oft gewalttätig – ich zerquetschte Hände, die mich geschlagen hatten, stach Augen aus, die mich verhöhnt, schnitt Zungen ab, die mich verspottet hatten.

Aber nie handelte ich nach diesen Impulsen, außer das eine Mal bei Simon Shales. Natürlich konnte das auch ein Unfall gewesen sein. Nach all diesen Jahren bin ich mir da selbst nicht sicher. Jedenfalls *wünschte* ich, er wäre tot, doch ob ich ihn tatsächlich schubste oder ob er ausglitt und vor den Bus fiel, weiß ich heute nicht mehr genau. Was ich aber ganz genau weiß, ist, wie glücklich, wie erleichtert ich mich fühlte, daß er weg war, daß er mich nun nicht mehr schikanieren konnte.

Heute, als Erwachsener, habe ich die Mittel, den Willen und den Mumm, jemanden aus der Welt zu schaffen. Ich plane – wie komisch das klingt – einen Mord. Und ich weiß, wenn ich das vollbracht habe, werde ich mich wieder so glücklich, so erleichtert fühlen wie damals, als der Schulbus Simon Shales in ein blutiges Bündel Fleisch und Kleider verwandelte.

Ich bin älter und klüger und verstehe mich besser, insofern weiß ich, daß ich noch sehr viel mehr empfinden werde. Jubel, Triumph und reine Freude, etwas gut gemacht zu haben, schlauer, schneller und stärker zu sein als die anderen um mich her.

Wünschte, ich könnte es ihnen sagen. Sie wären geschockt, überrascht, verblüfft. Und voller Bewunderung.

1

Im Morgengrauen kreiste der Qantas-Jumbo über Los Angeles und flog dann eine Schleife über dem Meer, wo er auf Landeerlaubnis wartete. Von ihrem Fensterplatz aus konnte Carol die Straßenlampen sehen, die sich die umliegenden Berge hinaufschlängelten. Aus dem Talkessel ragten lediglich die Hochhäuser der Innenstadt von Los Angeles durch die Smogschicht empor.

Im Sinkflug auf die Landebahn überflog der Jumbo einen riesigen Freeway, fünfspurig strömte der Verkehr in beide Richtungen, was Carol wie eine duale Arterie in einem riesigen Körper vorkam.

„Die Vier-null-Fünf", sagte Kommissar Peter Karfer, der über Carol gebeugt hinaussah, mit Bestimmtheit. Seine besserwisserische Art fand Carol überaus provozierend, und sie hatte überhaupt keine Lust, die nächsten Wochen mit ihm zusammen verbringen zu müssen.

„Der meistbefahrene Freeway in den Vereinigten Staaten", fuhr er fort. „Sie können sich vorstellen, wie katastrophal das war, als vierundneunzig das Erdbeben an verschiedenen Stellen hier reingehauen hat. Ich war damals hier, wissen Sie. Urlaub. Ein ziemlicher Schock, das Ganze. Hat uns direkt aus dem Hotelbett geworfen. Danach hat Marjorie eine Woche nicht mehr geschlafen."

Sein Lächeln, dachte Carol, sollte wohl sagen, daß ihn das Erlebnis nicht weiter erschüttert hatte.

Sie gab ein vages Grunzen von sich, um ihn zu keinen weiteren Vertraulichkeiten zu ermuntern. Es war nicht so, daß sie Peter Karfer richtig verabscheute – dafür kannte sie ihn nicht gut genug –, eher fand sie ihn ermüdend. Ihre Karrieren waren parallel verlaufen, sie hatte bei verschiedenen Gelegenheiten mit ihm zu tun gehabt, aber sie hatten nie wirklich zusammengearbeitet. Karfer stand in dem Ruf, jovial und unbeschwert zu sein. Ein umgänglicher Zeitgenosse, keine Frage – trotzdem hatte sie munkeln hören, daß er gern die Lorbeeren einheimste und immer anderen die Schuld zuschöbe, und wenn ihm ein Rivale in die Quere käme, träte er ihm vors Schienbein.

Sie beäugte Karfer, der sich wieder in seinen Sitz sinken ließ. Er wirkte nicht rücksichtslos. Er war in den Vierzigern, trug das blonde Haar sehr kurzgeschnitten, hatte scharfe blaue Augen hinter goldgerahmten Brillengläsern, volle Lippen und ein tiefes Grübchen im Kinn. Er lächelte viel, seine Stimme war tief und voll, und obwohl er durchaus gebildet war, kultivierte er ein etwas rowdyhaftes Gehabe, um sich als Kumpel zu zeigen.

Nie hatte Carol aus seinem Mund etwas Geringschätziges über Frauen im Polizeidienst gehört, trotzdem wurde sie das Gefühl nicht los, daß er Frauen nicht für gleichwertig hielt und wenn eine zu seiner Vorgesetzten befördert würde, ihm das durchaus nicht recht wäre. Karfer hatte sie schon gefragt, und dabei gegrinst, ob sie die Absicht hätte, ihre Beförderung zur Hauptkommissarin zu betreiben, und Carol, ebenfalls grinsend, hatte erwidert, sich darüber noch keine Gedanken gemacht zu haben – er etwa? Er hatte lachend die Schultern gezuckt. „Ich weiß nicht. Vielleicht."

Als sie hörte, daß außer ihr Peter Karfer zum FBI-Fortbildungsprogramm zugelassen worden war und zwei nebeneinanderliegende Sitze in der Maschine von Sydney nach LA gebucht worden waren, gefiel ihr das gar nicht. Sie bekam ein Ticket in der Economyklasse, was sie mit Vielfliegermeilen zur Businessklasse aufstockte, um zu gewährleisten, wie sie dachte, daß sie einen friedlichen Flug mit einem fremden Menschen neben sich hätte. Sie wollte vermeiden, daß Karfer die ganze Zeit über die Arbeit schwatzte und sie besonders über ihren letzten prominenten Fall ausquetschte, dessen Lösung ganz und gar nicht nach Wunsch verlaufen war.

Carol hatte sich am Flughafen rasch von ihren Lieben verabschiedet und als eine der ersten das Flugzeug bestiegen, es sich auf ihrem Fensterplatz mit zwei Romanen gemütlich gemacht und gedacht, wie angenehm es war, die nächsten dreizehn Stunden kein Telefon klingeln zu hören, keine Verantwortlichkeiten im Nacken zu haben.

Kaum hatte sie einen Schluck Kaffee getrunken, den die Flugbegleitung ihr gebracht hatte, als Karfers fröhliche Stimme dröhnte: „Ist es nicht toll, Carol? Ich dachte, ich hätte nicht genug Meilen, aber es hat gerade für die Businessklasse gereicht. Und der Mann neben Ihnen war bereit, seinen Sitz mit mir zu tauschen, damit wir zusammen reisen können." Seiner selbstsicheren Miene war anzusehen, daß er überzeugt war, willkommen zu sein.

Carol verkniff sich ein Seufzen. „Hoffentlich sind Sie

nicht scharf auf eine Unterhaltung, Peter. Ich bin nämlich müde und möchte lieber nicht reden."

Das überhörte er. „Freuen Sie sich schon aufs FBI? Soll 'ne tolle Erfahrung sein, hab' ich gehört. Ich kenne nämlich ein paar Leute von der britischen Kripo, die auch an unsererm Lehrgang teilnehmen. Haben Sie schon mal von Magic Mike von Scotland Yard gehört?"

„Nein. Noch nie."

Ihr kühl uninteressierter Ton schien bei ihm gar nicht anzukommen.

„Hauptkommissar Michael Yench", fuhr Karfer fort, „auch Magic Mike genannt wegen seiner Arbeit im Antiterrorismus. Er hat es der IRA gezeigt, als die in den neunziger Jahren in London zuschlug."

Er sah Carol erwartungsvoll an. Doch die zuckte nicht mit der Wimper.

„Sie wollen wissen, wie ich ihn kennengelernt habe?" fuhr er fort, als hätte sie ihm die Frage gestellt. „Das erste Mal bin ich Mike über den Weg gelaufen, als er vor etlichen Jahren eine IRA-Spur in Australien verfolgte, und dann haben wir uns wiedergesehen, als ich vor einigen Monaten in London war. Er spielt heutzutage eine große Rolle in der Drogenbekämpfung. Mike ist ein toller Kerl und sehr witzig. Er wird Ihnen bestimmt gefallen."

Als Carol nichts sagte, fuhr er fort: „Vielleicht ist seine Kollegin ja eher Ihr Fall. Debra Caulfield. Deb ist so taff wie ein Kerl, aber doppelt so hübsch."

Das Eher-Ihr-Fall in seiner unterschwelligen Zweideutigkeit ärgerte Carol, sie antwortete ironisch: „Ich kann's kaum erwarten, Magic Mike und Deb kennenzulernen."

Er starrte sie an. „Sie klingen vergrätzt. Was ist los?"

„Ich sagte Ihnen bereits, daß ich müde bin und mich nicht unterhalten möchte."

Unverblümt abserviert murmelte er: „Gebongt", und versprühte seinen Charme über die nächste Flugbegleiterin. Nach dem mehrgängigen Abendessen mit Porzellangeschirr und Stoffservietten vertiefte sich Karfer in die Filme auf dem Monitor seines Sitzplatzes und ließ Carol dankenswerterweise in Ruhe.

Sie las eine Weile, dann schlief sie, und das monotone Dröhnen der Turbinen durchdrang das Kaleidoskop ihrer Träume, während sie den Pazifik überquerten. Wiederholt wachte sie auf und nickte wieder ein, und die Traumbilder liefen weiter: Mark Bourke versicherte ihr grinsend, daß er sich um ihren Papierkram nicht kümmern würde; ihr Sohn David umarmte sie auf dem Flughafen; Sybil küßte sie mit neutraler Freundlichkeit auf die Wangen; Tante Sarah drückte sie an sich und mahnte: „Und vertrau niemandem. Solltest du auf irgendwen hören, Carol, würde ich dich bitten, die Reise abzublasen. Ich habe einen Schatten über deiner Zukunft gesehen."

„Seit wann bist du Hellseherin?" Carol hatte gelacht und es für einen von Tante Sarahs Scherzen gehalten. Aber dieser paßte so gar nicht zu ihrer Tante – sich in acht zu nehmen war ganz das Gegenteil ihres persönlichen Mottos: Wer wagt, gewinnt! Und wenn sie sich nicht gerade als Umweltaktivistin betätigte, reiste sie unerschrocken in der Welt herum.

Gerade wollte ihr Tante Sarah schildern, was es mit der Gefahr auf sich hatte, die Carols Zukunft bedrohte, als sie hochschreckte. Es war Zeit zum Frühstücken, und Carol aß verschlafen ihr Rührei, während sie sich gedanklich auf Los Angeles einstellte. Eine alte Freundin würde sie am Flughafen abholen, und so quetschte sich Carol vor allen anderen in den kleinen Waschraum, um möglichst repräsentabel auszusehen. Beim Zähneputzen mit der Reisezahnbürste und Zahnpasta, mit der die Fluglinie ihre Gäste beschenkte, musterte sie ihr Gesicht im wenig schmeichelhaften Licht über dem Spiegel.

Diese Beleuchtung hätte, als sei es Absicht, selbst die Schönste ins Grübeln gebracht. Carol betrachtete sich kritisch. Daß sie gut aussah, war ihr immer selbstverständlich gewesen – die Schönheit hatte sie von ihrer Mutter und den schlanken Körperbau von ihrem Vater, das hatte sie stets als genetischen Vorzug empfunden.

Sie inspizierte die feinen Rillen um die Augen, die vom Verschmähen einer Sonnenbrille in der grellen Sonne zeugten, und dachte, daß sie reparaturanfällig wurde.

Das Dröhnen des Flugzeugs veränderte sich, als es zum Sinkflug auf das Festland ansetzte. Carol überkam eine erwartungsvolle Freude, und sie kehrte zu ihrem Sitz zurück. Ein neues Land, neue Menschen, neue Herausforderungen erwarteten sie. Aus einem Impuls heraus hatte sie sich um diese Fortbildung an der FBI-Akademie in Quantico, Virginia, beworben, sie wollte eine Zeitlang dem Druck ihrer Arbeit entkommen, wie sie sich eingestand. Und wenn sie ehrlich zu sich war, brauchte sie auch Raum zum Atmen, eine Zeit ohne das Gewohnte und Bekannte, um eine neue Perspektive gewinnen zu können, beruflich wie privat.

Peter Karfer, frisch rasiert und nach Kölnisch Wasser duftend, schnallte seinen Gurt an. „Abflug und Landung“, erklärte er, „sind das Gefährlichste beim Fliegen. Da passieren die meisten Abstürze.“

„Sie sind mir ein Trost, Peter.“

Er zog einen Flunsch. „Sarkasmus bringt Sie da auch nicht weiter, Carol. Kein Zweifel, nach unten kommen wir alle, so oder so. Ich habe mich im Hilton am Flughafen eingebucht. Und Sie?“

„Ich wohne bei einer Freundin.“

Karfer zog die blonden Augenbrauen hoch. „Ich wußte gar nicht, daß Sie jemanden in LA kennen.“

„Wie sollten Sie auch?“ bemerkte Carol kurzangebunden.

Ihr kühler Ton amüsierte ihn. „Ich bin Kriminalkommissar, wissen Sie. Sie wären überrascht, was ich alles weiß.“

Carol sah ihn scharf an. „Und zwar?“

Er spreizte die Finger. „Ach, nichts.“

Das riesige Flugzeug setzte so sachte auf, daß Carol erst einen Moment später merkte, daß die Räder auf der Rollbahn waren. Dann heulten die Turbinen und bremsten die Maschine mit dem Umkehrschub, worauf sie einen schier endlosen Weg zum Terminal rollte, der am entgegengesetzten Ende der Landebahn zu liegen schien. Es erfolgte eine freundliche Durchsage, angeschnallt zu bleiben, bis die Maschine zum Stehen käme.

„Es ist sechs Uhr fünfunddreißig in Los Angeles. Wir heißen Sie herzlich willkommen“, fügte die zirpende Stimme hinzu.

Carol drehte ihre Uhr zurück und amüsierte sich über die internationale Zeitgrenze, die sie am gleichen Tag, aber einige Stunden vor ihrem Abflug in Sydney in den Vereinigten Staaten ankommen ließ.

Karfer nahm seine Sachen aus der Sitztasche vor ihm und sagte: „Ich werde zwei Tage hierbleiben und dann nach Washington fliegen, wo ich noch ein paar Tage auf Tourist mache. Sie können mich gern jederzeit begleiten, aber ich schätze, Sie verbringen Ihre Zeit wohl mit Ihrer Freundin."

„Das schätze ich auch." Der Ärger, den sie über seine ausforschende Art empfand, irritierte sie immer mehr.

Unverfroren grinste er sie an. „Wir Aussies müssen zusammenhalten, wissen Sie. Fremde in einem fremden Land und so. Außerdem habe ich den Eindruck, daß diese FBI-Typen ziemliche Schinder sind, da werden wir uns umeinander kümmern müssen, schätze ich."

Mit einem Pling erlosch das Anschnallzeichen und ersparte Carol die Antwort, denn hektische Aktivität erfaßte die Passagiere, die aufsprangen und ihre Sachen aus dem Gepäckfach nahmen.

Carol erwartete endlose Schlangen an den Einreiseschaltern, sie hatte Horrorgeschichten von anmaßenden Beamten gehört, die sich einen Sport daraus machten, den ganzen Prozeß so umständlich und unangenehm wie möglich zu gestalten. Sie hatte die Einreiseformulare, die im Flugzeug verteilt worden waren, sorgfältig ausgefüllt und den Hinweis, daß Nachlässigkeiten lange Verzögerungen zur Folge hätten, ernst genommen.

Auf eine längere Wartezeit gefaßt, sah sie freudig überrascht, daß die frühe Ankunftszeit ihr lange Schlangen ersparte, und schon in wenigen Minuten war sie durch den ersten Einreiseschalter. Karfer folgte ihr auf den Fersen, kommentierte alles und jedes und begab sich zum Gepäckband, das sich sogleich in Gang setzte.

Carol dachte, wie sich die Flughäfen glichen. Wartend umstanden Passagiere das Fließband, mehr oder minder gelangweilt oder ängstlich oder müde beobachteten sie, wie die Koffer auf das Band gespuckt wurden und wie hilflose Körper eine Runde nach der anderen drehten, bis die Besitzer ihr Eigentum erkannten und vom Band zerrten.

Carols Koffer mit dem roten Promi-Anhänger erschien unter den ersten, und sie packte ihn, noch ehe Peter Karfer hinzuspringen konnte. Sie nickte ihm zu und begab sich zum Ausgangsschalter. Sie hatte sich einen neuen Koffer geleistet, der auf Rollen hinter ihr her glitt wie ein großes schwarzes Haustier. Einige Minuten später war sie umstandslos durch den Zoll gekommen und strebte zur Wartehalle. Selbst zu dieser frühen Stunde herrschte bereits Gedränge, und viele verschiedene Sprachen drangen an ihr Ohr, als sie sich den Weg durch die Wartenden bahnte.

Jill hatte es sich nicht nehmen lassen, sie am Flughafen abzuholen. „Carol!“ Jill del Bosco eilte auf sie zu, frisch und fröhlich zu dieser unverschämt frühen Zeit. Sie umarmten sich und sahen sich lächelnd an. Carol hatte Jill nur ein paarmal wiedergesehen, seit sie vor sechs Jahren Australien verlassen und einen amerikanischen Rechtsanwalt geheiratet hatte, aber sie waren mit Geburtstags-

und Weihnachtskarten und seit kurzem per E-Mail in Verbindung geblieben. „Du siehst fabelhaft aus", sagte Carol und meinte es auch.

Jill war groß und dünn, hatte blonde Strähnchen, perfekte rote Fingernägel und ein makelloses Makeup. Sie trug enge blaue Jeans, einen blaßrosa Kachmirpullover und einen undefinierbaren Ausdruck von Privilegiertheit. Sie war dünner, als Carol sie in Erinnerung hatte, und ihr Lächeln wirkte weißer und strahlender. Carol erinnerte sich vage, daß Jill erwähnt hatte, ihr Mann hätte ihr zum Hochzeitstag eine zahnkosmetische Behandlung geschenkt.

„Ich hoffe doch, daß Sie mich vorstellen werden", sagte eine Männerstimme. Peter Karfer bedachte Jill mit einem warmherzigen Lächeln, das seine Augenwinkel kräuselte, und musterte sie anerkennend. „Carol, diese Freundin von Ihnen ist eine atemraubende Lady."

Jills angeödeter Ausdruck brachte Carol zum Lachen. „Verzeih ihm", sagte sie. „Wir haben gerade einen langen Flug hinter uns."

„Da Carol ja offenbar keine Anstalten macht, mich vorzustellen, ich bin Peter Karfer." Er streckte Jill die Hand hin. „Und von Ihnen habe ich leider noch nie gehört."

Sie schüttelte kurz seine Hand. „Jill Fontaine. Willkommen in Los Angeles."

Carol sah sie verwundert an. Jill hatte bei ihrer Heirat auf ihren Mädchennamen verzichtet, und als Absender auf ihren Briefen stand immer Hal und Jill del Bosco.

„Sie sind Aussie? Schade, ich hatte gehofft, mit einer waschechten kalifornischen Blondine Bekanntschaft zu machen " Er legte Carol den Arm um die Schultern. „Entschuldigen Sie, Carol, aber die Yankies sind noch immer die besten Blondinen. Das weiß schließlich jeder."

Als Carol seinen Arm abschüttelte, sagte er mit gespieltem Schrecken zu Jill: „Und jetzt brechen Sie mir richtig das Herz und sagen, Sie seien verheiratet."

„Ich fürchte, so ist es. Nett, Sie kennengelernt zu haben, Peter, aber nun müssen wir los."

„Kein Problem." Er zögerte, sein Ausdruck wirkte deprimiert. Carol war klar, daß er auf eine Einladung von Jill hoffte. „Ich bleibe ein paar Tage hier..."

„In dieser Stadt kann man viel unternehmen." Jill packte Carols Koffer. „Tut mir leid, wir müssen jetzt gehen."

Als Carol sich umsah, starrte Karfer ihnen nach, sein Gesicht eine kalte Maske. Unvermittelt versetzte es Carol einen Stich vor Schreck, dann schüttelte sie ihre Sorge ab. Wenn Peter Karfer sich beleidigt fühlte – sein Pech. Es war nicht wert, sich Sorgen zu machen.

2

Erst als sie die Fußgängerbrücke zu dem häßlichen grauen Betonparkhaus erreichten, sagte Jill: „Was für ein anstrengender Typ."

Carol blickte über das Gewimmel der Blechkarossen unter ihnen. „Du hast soeben den Charmebolzen der Kripo von Sydney persönlich kennengelernt – Kriminalkommissar Peter Karfer. Beeindruckt?" übertönte Carol den Motorenlärm und das Gehupe.

„Und mit dem wirst du die nächsten Wochen verbringen? Na, besser du als ich." Jill zielte mit ihrem Wagenschlüssel, und ein tomatenroter BMW in der Mitte der Reihe blinkte gehorsam. „Für dieses jungenhafte Bin-ich-nicht-süß-Gehabe sieht er ein bißchen alt aus."

„Scheint aber damit Erfolg zu haben."

Jill verzog das Gesicht. „Diese Stadt wimmelt nur so von süßen Jungs, die jünger sind und besser aussehen als Peter Karfer. Ich sehe sie täglich. Er wird sich ganz schön ins Zeug legen müssen, um irgendwen zu beeindrucken."

Carol grinste sie liebevoll an. „Du klingst wie eine von hier."

„Wirklich? Ich kann nichts dafür. Hal ist auf du und du mit sämtlichen Größen des Gewerbes – und damit meine ich das Unterhaltungsgewerbe. Wir müssen all die richtigen Leute kennen, zu all den richtigen Country Clubs gehören." Sie schnaubte ungehalten. „Das alles ist ein Spiel, Carol. Wenn du dich entsprechend zeigst, gehörst du dazu. Solange ich dünn bleibe, wohlgebräunt, dreimal wöchentlich in das hippste Fitnesstudio gehe, mit den richtigen Frauen Tennis spiele und mich so verhalte, wie es erwartet wird, kann das Leben auf der Sonnenseite ziemlich gut sein."

„Das klingt mir nicht danach, als hättest du größten Spaß daran."

Jill zuckte die Achseln. „Ja und nein. Es ist schön, den besten Tisch im Restaurant zu bekommen, bei einer Show in der ersten Reihe zu sitzen, Hals Namen zu nennen, und schon tanzen alle um dich herum, von der devoten Achtung mal ganz zu schweigen –" Sie unterbrach sich und verzog spöttisch das Gesicht. „Welche kleine Aussiefrau würde sich nicht für ein Leben auf der Überholspur im Kreis der Reichen und Schönen erwärmen, he?"

Carol verstaute ihr Gepäck im Kofferraum des BMW und bemerkte: „Wie ich höre, nennst du dich Fontaine."

„Identitätskrise", sagte Jill salopp. „Wahr ist, daß ich beide Namen benutze. Ich bin del Bosco, wenn nötig, und Jill Fontaine, wenn es nur mich betrifft. Zum Glück ist Hal das völlig egal, und falls es ihm doch etwas ausmacht, ist er klug genug, es nicht zu sagen."

Carol hatte vergessen, daß in den Vereinigten Staaten die Fahrer vorn links sitzen, und ging zur falschen Seite des Wagens.

„Willst du fahren?" fragte Jill grinsend. „Ich habe nichts gegen eine Probefahrt."

„Ein andermal."

Während Jill an den Wagenreihen vorbeifuhr, betrachtete Carol das vertraute Gesicht ihrer Freundin.

Sie und Jill hatten sich am ersten Tag in der Highschool kennengelernt, und auch wenn sie sich in späteren Jahren von einander entfernt hatten, waren ihre Erinnerungen und gemeinsamen Erfahrungen aus der Schul- und Unizeit ein Bindeglied, das sich zwar abgeschliffen hatte, aber niemals zerbräche.

Die Sonne brannte vom Himmel, als sie sich in den Verkehr auf dem Century Boulevard einfädelten. Es kam Carol vor, als wäre das Licht in Los Angeles flacher und nicht so strahlend wie in Sydney, aber der Eindruck konnte, wie sie zugeben mußte, durchaus an ihrem Jetlag liegen.

Jill, die in ihrer Handtasche nach der Sonnenbrille fischte, hatte offenbar ihre Gedanken gelesen, denn sie fragte: „Hast du etwa ein Jetlag? Ich habe nämlich für heute abend zu einer kleinen Party eingeladen, und es wäre schön, wenn du lange genug durchhältst, damit du einige dieser prominenten Leute kennenlernst, von denen du jeden Tag hörst."

„Das Wort Jetlag existiert für mich nicht", erklärte Carol. „Im übrigen brauche ich nichts weiter als helles Tageslicht, um meine innere Uhr umzustellen, und Sonne gibt es ja, wie ich sehen kann, reichlich."

Schnell überschlug sie, daß es jetzt in Sydney drei Uhr und bereits morgen früh war. Verrückt, grinste sie.

„Du amüsierst dich ja schon", sagte Jill mit einem Seitenblick.

„Ich orientiere mich gerade. Also, von welchen Promis sprichst du?“

Jill bog in die Auffahrt mit dem Schild 405 Nord. „Robbie Zow, zum Beispiel. Bestimmt wurde in der australischen Presse über seine Verhaftung berichtet.“

„Auf der ersten Seite. Wenn ein Hollywoodstar des versuchten Mordes angeklagt wird, schlägt das jeden Bericht über globale Erwärmung oder die jüngste Hungerkatastrophe in Afrika.“

„Zynikerin“, konstatierte Jill und trat auf dem Freeway aufs Gas. Wundersamerweise tat sich eine Lücke auf, und sie fädelten sich in den morgendlichen Berufsverkehr ein. „Robbie Zow ist größer als diese Dinge, vergiß das nicht. Hal verteidigt ihn, der Prozeß beginnt übermorgen.“

Ohne zu blinken scherte sie über drei Spuren hinweg durch den fließenden Verkehr. Carol machte sich auf etwas gefaßt, aber kein wildes Hupkonzert ertönte, und niemand blendete auf. Es schien vielmehr üblich zu sein, ohne zu blinken in eine Lücke zu schießen.

„Verkehrsmäßig läuft es heute gut“, sagte Jill. „Normalerweise staut es sich um diese Zeit über Meilen.“

„Wir waren bei Robbie Zow...“ erinnerte Carol.

Jill grinste sie an. „Ich dachte mir, daß dich das interessiert. Er und Davina Alcine werden heute abend zu unserer Party kommen.“

Verblüfft starrte Carol sie an. „Die Freundin, die er über den Haufen gefahren hat?“

„Ts, ts“, entgegnete Jill. „Angeblich über den Haufen gefahren hat. Tatsächlich ist er mit seinem Ferrari geradewegs auf sie zugebraust, und daß sie nicht schrecklich zugerichtet ist, grenzt an ein Wunder. Aber sie wurde über den Wagen hinweggeschleudert und nicht überrollt."

„Das klingt bei dir, als wäre das nichts Besonderes."

„Das ist das Leben. Robbie stand unter Einfluß von Gottweißwas, aber Hal wird ihn rausboxen. Davina hatte ihm schon verziehen, noch ehe sie die Klinik verließ. Sie hofft, Ehefrau Nummer drei zu werden", erklärte Jill mit boshaftem Blick, „doch darauf würde ich nicht wetten."

„Nun sag bloß noch, sie sei Zeugin der Verteidigung."

„Sie ist es! Das ist typisch LA. Hätten nicht unglücklicherweise ein paar Leute den Unfall mitangesehen, die dann als Zeugen umgekippt sind, weil sie ihre Geschichte an die Presse verkauft haben, wäre Robbie wahrscheinlich nicht mal angeklagt worden."

Carol sah Robbie Zows unverwechselbares Gesicht direkt vor sich. Sein neuester Film wurde gerade in Sydney gespielt, und sein Konterfei mit diesem frechen Gaunerlächeln, das sein Markenzeichen war, starrte einem von sämtlichen Plakatwänden entgegen. Zow sah gut aus, natürlich, aber er hatte mehr als das – einen sorglosen Charme, der etwas unterschwellig Dunkles hatte, als hätte er womöglich ebensogut ein ganz ganz böser Bube werden können. Und er konnte spielen. Carol hatte ein paar Filme mit ihm gesehen und seine Fähigkeit bewundert, voll und ganz in der jeweiligen Rolle aufzugehen.

„Ich nehme an, es ist schlechter Stil, ihn um ein Autogramm zu bitten?" fragte sie gespielt ernst. David wäre begeistert, wenn sie mit so einer Beute heimkäme.

„Sehr schlechter Stil. Von dir wird erwartet, die Fiktion aufrechtzuerhalten, daß er ein ganz normaler Typ ist.

Aber natürlich wäre Robbie sehr gekränkt, wenn du ihm nicht zeigen würdest, wie andeutungsweise auch immer, daß du schwer beeindruckt bist, ihn kennenzulernen."

Jill wechselte in die rechte Fahrspur, ohne sich sichtlich nach einer Lücke umzuschauen, und schoß in die Ausfahrt WILSHIRE BOULEVARD EAST.

„Wir wohnen in Brentwood. O. J. Simpson-Territorium", sagte sie und fädelte sich in den langsameren und dichteren Verkehr ein. „Das Parken hier ist ein Alptraum, aber Hal sagt, die Adresse ist es wert."

Carol hatte Hal del Bosco nur einemal bei seinem Besuch in Australien vor seiner Hochzeit mit Jill getroffen, so war sie neugierig, ihn bei sich zu Hause zu erleben. Sein Name stand für sehr kostspieligen, sehr öffentlichkeitswirksamen Rechtsbeistand bei meist sehr schweren Vergehen, der weniger gut vertretene Klienten womöglich bestürzte. Hals Ruf als Strafverteidiger war beneidenswert, Prozesse seiner prominenten Klientel, die mit Freispruch endeten, machten internationale Schlagzeilen.

Das del Bosco-Haus war, was Carol kaum überraschte, ein Anwesen. Hinter Mauern und schmiedeeisernen Toren befand sich das von weißen Säulen flankierte Portal, das sie unweigerlich an *Vom Winde verweht* denken ließ. Die geschwungene Auffahrt führte an blühenden Rabatten vorbei, selbst jetzt im Winter.

„Unser bescheidenes Heim", sagte Jill.

„Ich wußte ja gar nicht, daß du so hochherrschaftlich wohnst", sagte Carol verblüfft. „Gibt's auch einen Butler?"

„Keinen Butler, aber eine Köchin. Und mein persönlicher Trainer Greg kommt an Wochentagen immer schon früh – er ist sehr gefragt. Heute habe ich ihm natürlich abgesagt. Wenn du willst, kann ich auch für dich etwas arrangieren."

„Ein persönlicher Trainer?"

„Glaubst du, meine Figur sei Zufall? Und sie zu halten, kostet verdammt viel Schweiß, das kann ich dir sagen." Jill deutete mit dem Finger auf Carol. „Ich habe meinen Wahlspruch von Wallis Simpson: ‚Du kannst weder reich noch dünn genug sein!'"

Die Haushälterin, eine stämmige Frau mit wundervollem mahagonifarbenem Gesicht und schwarzem Haarknoten kam heraus, um Carol mit dem Gepäck zu helfen.

„Soll Maria deine Sachen auspacken?" fragte Jill.

Das fand Carol ein bißchen erschreckend – daß eine Fremde ihr das Auspacken abnehmen könnte. „Ich mache es selbst." Sie lächelte Maria an. „Aber ich danke Ihnen."

„Ich habe ganz vergessen, dir etwas zu erzählen", erklärte Jill, als sie die Halle betraten; die Sonne fiel durch das Oberlicht und malte ein Muster auf den grauen Marmorboden und die weißen Wände. „Hal hat heute abend einen besonderen Gast eingeladen – extra für dich. Jemand vom FBI."

„Du nimmst mich auf den Arm, oder? Wer ist es?" Carol mußte lachen. „Doch wohl nicht der Direktor persönlich?"

„Nein, obwohl auch das nicht unmöglich wäre", erklärte Jill. „Hal scheint praktisch jeden zu kennen, der etwas ist. In diesem Fall allerdings ist der Gast nicht ganz so hochrangig – eine Top-Agentin namens Leota Woolfe. Und, Carol, sie hat von dir schon gehört. Was immer das heißt – bist du nun berühmt oder berüchtigt...?"

3

Eine ausgiebige heiße Dusche brachte Carol wieder ins Lot, so daß Jills Hausführung nichts im Weg stand. Es war ein luxuriöses, herrlich eingerichtetes Haus, dennoch konnte Carol sich nicht vorstellen, hier zu leben. Die Zimmer, das Anwesen, alles war zu groß, allzuviel Repräsentationsfläche. Es gab diverse Gesellschaftsräume, darunter ein Speisezimmer, groß genug für ein anständiges Bankett, ein Billardzimmer und einen mit modernsten Geräten ausgestatteten Fitnessraum.

Unter all den Zimmern gefiel Carol nur ein kleines Boudoir. Gemütliche Polstermöbel standen darin, und es war der einzige Raum, der einen wirklich bewohnten Eindruck machte. Jill schloß die Tür des nicht so tadellos aufgeräumten Zimmers und vertraute ihr an, daß sie sich am liebsten hierher zurückzog.

Inzwischen war es sieben Uhr dreißig den nächsten Morgen in den Blue Mountains unweit von Sydney, so daß Carol ihre Tante Sarah anrief, um zu sagen, daß das Flugzeug sicher gelandet und sie unversehrt bei Jill und Hal eingetroffen war.

„Alles ist bestens, Tantchen, und deine Vorahnungen waren nur ein böser Traum."

„Sei trotzdem vorsichtig, meine Liebe. Ich bitte dich."

„Ich bin immer vorsichtig."

Tante Sarahs verächtliches Schnauben kam so klar durch die Zehntausend-Meilen-Leitung, als stünde sie neben Carol. „Na sicher", sagte sie. „Daher auch dein Nasenbeinbruch, beispielsweise."

Unwillkürlich fuhr sich Carol mit dem Zeigefinger über die Nase. „Das war doch in Ausübung meiner Arbeit, Tante Sarah, so was ist halt berufsbedingt. Aber jetzt bin ich hier in den Staaten und mache nur einen Lehrgang, und auf einer FBI-Akademie kann mir wohl nichts passieren. Die Sicherheit dort ist perfekt."

„Na gut", sagte Tante Sarah ohne Überzeugung.

Nach dem Telefonat gesellte sich Carol zu Jill auf die geschützte Terrasse, wo ein leichter Lunch angerichtet war. Die Eiswürfel klirrten, als Jill ihr Tee ins Glas goß. „Du magst keinen Eistee?" fragte sie, da Carol das Gesicht verzog.

„Ich finde ihn gewöhnungsbedürftig."

Jill lehnte sich mit einem Seufzer zurück und ließ den Blick durch den sonnigen Garten schweifen. „So läßt sich's leben, meinst du nicht? Ein Essen in Muße, ein Gespräch mit einer lieben Freundin, und für die Party heute abend ist nichts zu tun außer dem Partyservice im Weg zu stehen..."

„Daran könnte ich mich gewöhnen."

„Carol, ich kenne dich. Länger als fünf Minuten kannst du deine Hände nicht in den Schoß legen." Jill fuchtelte mit der Gabel. „Justin siehst du wohl selten."

Das war eine Feststellung, keine Frage, und Carol war etwas überrascht. Jill kannte Carols Exmann natürlich, schließlich waren sie alle auf der Uni ein Freundeskreis gewesen, aber daß sie in Verbindung geblieben waren, hatte sie nicht gedacht. „Davids wegen sehe ich ihn gelegentlich, doch meistens arrangiere ich mich mit Eleanor, seiner Frau. Warum fragst du?“

Jill wirkte ein wenig verlegen. „Ich hätte es dir längst sagen sollen, Justin war ein paarmal bei uns, wenn er auf Geschäftsreisen durch LA kam. Er und Hal mochten sich auf Anhieb – natürlich, schließlich sind beide Anwälte.“

„Es stört mich nicht, falls es das ist, was dich beunruhigt“, sagte Carol und merkte voll Unbehagen, daß es sie sehr wohl störte. Sie hatte nur wenige enge Freundschaften aus ihrem früheren Leben aufrechterhalten und keine Lust, diese mit Justin zu teilen. „Wieso kommst du jetzt darauf?“ fragte sie.

Jill zuckte die Achseln. „Ich weiß nicht genau, ich dachte, ich sollte dir sagen, daß wir uns gesehen haben. Ich fand es unfair, daß du es nicht weißt.“

In schweigender Übereinkunft wechselten sie das Thema und redeten über das, was sich seit Jills letztem Australienbesuch in ihrem Leben ereignet hatte. Carol erzählte von ihrem Sohn und seinem Zusammenstoß mit dem Rauschmittelgesetz.

„Wie gut, daß ich keine Kinder habe“, erklärte Jill. „Ich hätte ihm vermutlich den Kragen umgedreht.“

„Glaub mir, ich habe daran gedacht“, sagte Carol.

Um ihrem Bedürfnis nach einem Nickerchen am hellen Tag nicht nachzugeben, da sie sonst ihre innere Uhr nicht zurückstellen könnte, entschloß sich Carol zu einem Spaziergang ins Einkaufszentrum von Brentwood, genannt „das Dorf", wie Jill erklärte. Der späte Winter in Südkalifornien war mild, und so brauchte sie lediglich ein langärmeliges Hemd. Auf ihrem Spaziergang vermißte sie auf einmal ihre Glock, die sie für gewöhnlich trug. Obwohl es albern war, fühlte sie sich schutzlos, weil der kleine Revolver sich nicht wie sonst an ihrem Gürtel befand. Natürlich hatte sie hier im hellen Tageslicht in dieser privilegierten Gegend nichts zu fürchten, dennoch war sie ohne die Sicherheit einer Waffe beunruhigt.

Im Dorf machte sie einen Schaufensterbummel und hörte auf die amerikanischen Stimmen ringsum. Vermutlich fühlten sich Amerikaner auf Besuch in Australien ebenso isoliert, wenn sie nur noch Aussieakzent hörten.

Beim Überqueren der Straße hätte man sie beinahe angefahren, da sie automatisch in die falsche Richtung geblickt hatte, ehe sie auf die Fahrbahn trat. Am meisten faszinierte sie ein Bummel durch einen Supermarkt, wo sie bekannte und unbekannte Marken sah und ein riesiges Spirituosensortiment befremdlicherweise neben alltäglichen Nahrungsmitteln wie Butter und Milchprodukte entdeckte.

Als sie am Tierfutterregal vorbeikam, musterte sie die unbekannten Dosen und fragte sich, was davon Sinker gefallen würde. Während ihres Auslandsaufenthaltes war ihr verwöhnter schwarzweißer Kater bei Sybil und in Gesellschaft ihres rötlichen Katers Jeffrey. Das war kein Problem, Sinker und Jeffrey kannten sich gut, und wenn sie auch keine Freunde waren, sie tolerierten einander.

Bei Carols Rückkehr parkte ein weißer Lieferwagen mit der diskreten Aufschrift eines exklusiven Partyservices vor einem cremefarbenen Rolls. Die Nummernschilder DELBOSCO verrieten den Besitzer des Rolls. In einem elegant geschnittenen grauen Seidenanzug begrüßte Hal sie an der Tür, hinter ihm baute sich ein muskulöser junger Mann in schwarzem T-Shirt auf und starrte sie finster an. „Carol", sagte Hal, „wie schön, daß du hier bist."

Er drehte sich zu dem jungen Mann um. „Alles okay, Bruce. Carol ist eine Spitzenpolizistin aus Australien. Es besteht keine Gefahr."

Bruce musterte sie argwöhnisch, ehe er einige Schritte in die Halle zurücktrat, von wo aus er sie im Auge behielt.

„Bodyguard", sagte Hal. „Es ist zwar lästig, aber ich bin da in etwas involviert..." Er verzog das Gesicht. „Entschuldige, Genaueres kann ich nicht sagen. Du verstehst."

„Natürlich verstehe ich", antwortete Carol interessiert.

Sie hatte immer geglaubt, daß ein erfolgreicher Strafverteidiger eine kräftige Stimme haben müsse, doch Hals hohe Stimme hatte obendrein noch ein irritierendes Näseln. Aber sein Äußeres paßte: Sein dichtes schwarzes Haar war vorzüglich geschnitten, sein Gesicht gebräunt, sein Lächeln strahlte Wärme und Vertrauen aus. Er hatte zugenommen, seit sie ihn das letzte Mal gesehen hatte, und unter den breiten Kiefern bemerkte sie den Ansatz eines Doppelkinns.

Er nahm ihre Hand in beide Hände und drückte sie herzlich. „Du mußt mir versprechen, daß du tust, als seist du hier zu Hause."

„Auch in bezug auf den Rolls?" fragte sie grinsend.

Hal machte eine ausladende Geste. „Auch den Rolls. Kann ich dich fahren? Möchtest du irgendwohin?"

„Nein, nein“, sie winkte lachend ab. „Es ist schön, dich wiederzusehen, Hal.“

Er schlang einen Arm um sie und führte sie durch die Halle, Bruce folgte ihnen auf dem Fuß. „Jill sagt, du kannst nur zwei Tage bleiben. Das ist viel zuwenig, Carol. Ich hoffe, du hast auf dem Rückweg von Quantico noch etwas Zeit in LA, wenn nicht, sehen wir uns vielleicht trotzdem. Ich muß nämlich ab Mitte nächster Woche für ein paar Tage nach Washington, und die Hauptstadt liegt nicht weit von Virginia. Jill sagt, sie kommt mit, so könnten wir alle uns dort treffen.“

„Gute Idee. Daß ich Studentin war, ist schon so viele Jahre her, insofern brauche ich vermutlich viele Unterbrechungen, um mit dem Druck klarzukommen.“

Er ließ den Arm sinken und grinste sie an. „Apropos – für heute abend habe ich die FBI-Agentin Leota Woolfe eingeladen. Sie ist in LA, um einen Fall aufzuklären.“

„Einen interessanten?“

„Das kannst du wohl sagen, aber so leid es mir tut – ich fürchte, ich kann darüber momentan nicht reden.“

„Du bist ja richtig geheimnisumwittert“, sagte Carol lachend. „Hat die Tatsache, daß du einen Bodyguard brauchst, mit Leota Woolfes Fall zu tun?“

In seinem Gesicht zuckte es kaum wahrnehmbar, was Carol sagte, daß sie recht hatte.

Ausweichend erklärte er: „Leota ist eine von vielen FBIlern, die ich kenne. Das bringt mein Beruf so mit sich. Ich habe so viele Klienten, die behaupten, die Regierung habe ihnen in dieser oder jener Hinsicht übel mitgespielt.“ Er brach in schallendes Gelächter aus. „Ein

Segen", sagte er und gestikulierte ausladend. „Sie haben all das hier möglich gemacht."

Eine rundliche Frau mittleren Alters in einem weiten schwarz-rosa Hosenanzug, der wie ein loser Pyjama aussah, öffnete die Tür neben ihnen. „Entschuldigung, Hal, der Senator ist am Telefon."

„Ich komme sofort, Abby." Er drehte sich zu Carol um. „Ich denke, Leota wird dir auf Anhieb gefallen, wenn du sie heute abend kennenlernst. Sie ist sehr ambitioniert, sehr zielstrebig. So jemand liegt mir." Er sah sie an und legte den Kopf schief. „Erinnert mich irgendwie an dich."

Stirnrunzelnd sah Carol ihm nach, als er in sein Büro ging, Bruce im Schlepptau, und ehe der die Tür schloß, starrte er sie an. In letzter Zeit erklärte ihr offenbar jeder, daß ihr die Leute, die sie demnächst kennenlernte, gefallen würden: Peter Karfer in bezug auf die britischen Kripoleute, Hal in bezug auf Leota Woolfe. Fast war sie geneigt, sie schon aus Prinzip nicht zu mögen.

Sie fand Jill in der riesigen, technisch perfekten Küche, wo sie mit einer Ernsthaftigkeit, als handle es sich um eine chirurgische Operation, das Abendmenü diskutierte und wie sie es serviert haben wollte. Die beiden beohrringten Männer vom Partyservice hörten aufmerksam zu und nickten zustimmend, sobald Jill innehielt.

„Kaffee?" fragte sie, als sie Carol in der Tür sah. „Gary und Jon haben, wie immer, alles unter Kontrolle, trotzdem kann ich's nicht lassen, ihnen zu sagen, wie sie alles machen sollen."

Beide Männer lächelten Carol ungerührt an. „Es wird ein Erfolg. Wie immer", sagte der eine besänftigend.

„Diese macht hoffentlich keine Ausnahme", erwiderte Jill. Sie nahm zwei Becher, schenkte Kaffee ein und zog sich mit Carol nach nebenan in das mit Farnen geschmückte Boudoir zurück. Die eine Wand war eine Fensterfront, die auf den Garten hinausging. Ein blaugekachelter Swimmingpool, von Palmen gesäumt, glitzerte in der Sonne. Auf der weißgefliesten Terrasse um den Pool standen dunkelblaue Liegen und Sitzmöbel unter blauweißen Sonnenschirmen. Dahinter erstreckte sich eine grüne Rasenfläche bis zur roten Asche des Tennisplatzes.

Carol streckte die Beine aus und trank ihren Kaffee. Sie fühlte sich entspannt, keine Entscheidungen waren zu fällen, keine Verantwortung zu schultern. „Ich habe das Gefühl, du wirst mir gleich sagen, daß ich Robbie Zow mögen werde", sagte sie.

„Mögen? Erwartet wird, daß du ihn *liebst.* Im Ernst, für einen Star ist er kein schlechter Kerl. Egoistisch, wie alle, aber im Grunde okay. Es läßt sich ja immer so leicht kritisieren, doch manchmal frage ich mich, wie ich wohl wäre, hätte ich nur Leute um mich, die mir immerzu sagten, wie toll und talentiert und verdammt sexy ich wäre."

„Du meinst, die Leute sagen das nicht?"

Jill lachte. „Jedenfalls hab' ich das noch nicht gehört."

Robbie Zow kennenzulernen, fand Carol aufregend und schalt sich dafür. „Was soll ich anziehen?" fragte sie und ging im Geist ihre mitgebrachte Garderobe durch. „Ist richtig Schale angesagt?"

„Was du willst. Hier siehst du alles von Jeans bis Prada und Armani. Am besten etwas Legeres."

„Ich habe Bruce, Hals Bodyguard kennengelernt", sagte Carol und beobachtete Jills Gesicht.

Die preßte die Lippen zusammen, dann erwiderte sie: „Daß er hier im Haus ist, finde ich unnötig. Er stört, und außerdem haben wir ein ausgeklügeltes Sicherheitssystem, aber –" Sie brach ab und schüttelte den Kopf.

„Machst du dir Sorgen? Ist Hal in Gefahr?"

„Nein, ganz und gar nicht. Es ist alles nur wegen der albernen Aufregung in der Sache mit Rackham."

„Rackham?" fragte Carol verdutzt. „Du meinst diesen britischen Minister, der auf seiner USA-Reise verschwunden ist?"

„Genau der. Vor drei Wochen verließ er eines Nachmittags sein Hotel in Washington DC und ward nicht mehr gesehen. Seine Frau hat Hal als Anwalt genommen. Offenbar steht sie unter Verdacht." Jill schnaubte. „Wenn du mich fragst, wäre Michele Rackham gar nicht imstande, einen Mord zu begehen oder sonst etwas Böses. Überzeuge dich selbst – sie wird heute abend Gast sein."

„Und warum braucht Hal einen Bodyguard?"

„Das weiß ich nicht genau, und Hal spricht nicht darüber. Ich kann nur sagen, daß FBI, CIA und MI5 herumschwirren und einander die Schuld geben, weil niemand Sir Rackham finden kann."

„Hat denn Hal eine Ahnung, was mit Rackham passiert sein kann?"

„O ja", sagte Jill. „Hal denkt offensichtlich, daß er vorsätzlich verschwunden ist." Sie hob die Hand, um Carols nächste Frage zu stoppen. „Frag nicht, warum. Ich hab's versucht, Hal machte bloß ein geheimnisvolles Gesicht."

4

Als am Abend die ersten Gäste eintrafen, fühlte sich Carol steinmüde und konnte dem Gedanken, daß oben im Gästezimmer das Bett auf sie wartete, nur schwer widerstehen. Sie lehnte den Champagner ab, der ihr, glaubte sie, schlicht den Rest gäbe. Sie hielt sich am Orangensaft fest und blickte sich um, ob sie irgend jemanden erkannte.

Jill und Hal begrüßten die Gäste an der Tür und verwiesen sie auf einen großen Raum mit Terrassentüren, wo Kellner Hors d'oeuvres herumreichten. An der einen Wand befand sich eine Bar mit zwei Barkeepern, unterstützt von einer grazilen jungen Frau, die leere Gläser nachschenkte.

Carol glaubte, ein paar der Gesichter mit Namen zu kennen – eine Frau hielt sie für die Chefin einer internationalen Kosmetikfirma, und der große Mann mit dem Vandyke-Bart hatte die Hauptrolle in einer Comedy-Serie gespielt, die ewig im Fernsehen gelaufen war.

Alle schienen alle zu kennen, jeder neue Gast wurde mit spitzen Schreien begrüßt. Einige lächelten Carol freundlich an, aber niemand redete mit ihr, sie bekam das Gefühl, sich in einem Film zu befinden, in dem alle ein Script hatten, nur sie nicht. Sie schnappte Gesprächsfetzen auf, die böhmische Dörfer für sie waren, lediglich ab und zu sagte ein Name ihr etwas.

Der Anblick Robbie Zows überraschte Carol. Er war leger gekleidet und trug zur Khakihose einen kastanienbraunen Rollkragenpullover. Sein Gesicht wirkte vertraut wie das eines alten Freundes, aber auf der Leinwand sah er groß und stattlich und einfach besser aus. Die Realität war halt anders. Seine Züge waren derber, und auch wenn seine guten Proportionen, die breiten Schultern und schmalen Hüften, durchaus der Wahrheit entsprachen, war er doch eher winzig und die Frau an seiner Seite noch winziger.

Mit strahlendem Lächeln schwamm er auf einer Begrüßungswoge, umarmte Frauen, schüttelte nachdrücklich Männerhände. Carol beobachtete ihn aus dem Hintergrund. Eine Locke seines schwarzen Haars fiel ihm ins Gesicht, wie es seinem Image entsprach, aber seine Stimme war weniger poliert, sein Dialekt unüberhörbar, und Carol wurde klar, daß er sich im Film in der Hochsprache ausdrückte, die nicht seine eigene war.

„Komm, ich mach' euch bekannt", sagte Jill unvermittelt neben ihr. „Ich nenne Robbie meinen Westentaschencasanova – nur hinter seinem Rücken, natürlich."

Robbie Zow begrüßte Carol, als habe er ein Leben lang darauf gewartet. „Sie sind Aussie!" rief er. „Ich liebe dieses Volk – es ist so nett, so gastfreundlich. Ich war ein paarmal zum Drehen da – ein fantastisches Land."

Seine Begleiterin, goldgelockt, große blaue Augen, Schmollmund, hing an ihm wie an einem Rettungsring in stürmischer See. „Hallo", begrüßte die vorgestellte Davina

Alcine Carol und musterte deren schwarze Hose und das grüne Seidentop, dann ihren Schmuck, ehe sie ihr ins Gesicht blickte. „Hallo“, sagte sie noch einmal.

Carol reizte die Frage nach der Beurteilungnote, doch Davinas Aufmerksamkeit war bereits abgelenkt und auf der Suche nach wertvolleren Objekten. Sie zog Zow an der Hand und hauchte mit Kleinmädchenstimme: „Schatz, da ist Howie gekommen. Wir sollten ihn begrüßen.“

„Entschuldigen Sie mich, Carol“, sagte Zow mit elektrisierendem Lächeln. „Wir unterhalten uns später. Ich komme drauf zurück. Sie können sich darauf verlassen.“

„Warte bloß nicht darauf“, sagte Jill. Sie blickten Davina nach, wie sie ihn durch den Raum zu einem Regisseur schleppte, der so berühmt war, daß Carol ihn sofort erkannte.

Jill fuhr fort: „Obwohl es durchaus sein könnte, schließlich steht er auf blonde Frauen und liebt die Aussies, was ja beides auf dich zutrifft.“ Dann fügte sie grinsend hinzu: „Wenn ich du wäre, würde ich mich vor Davina hüten. Wenn die eine Rivalin wittert, ist ihr alles zuzutrauen.“

„Er entspricht nicht ganz dem, was ich erwartet habe.“

Jill gluckste. „Desillusioniert? Die Kamera liebt ihn, wie man hier sagt. Auf der Leinwand sieht er größer und besser aus als in Wirklichkeit.“ Sie nahm Carols Arm. „Da ist Michele Rackham. Sei so nett und beschäftige sie ein paar Minuten, während ich in der Küche nach dem Rechten sehe. Ich weiß zwar, daß alles unter Kontrolle ist, trotzdem muß ich mich davon überzeugen.“

Die Frau, die Jill ihr vorstellte, schien dem Eindruck,

den Carol aus Jills Schilderung gewonnen hatte, nicht zu entsprechen. Carol hatte sich Michele Rackham als blasses, unscheinbares Persönchen vorgestellt, dem war ganz und gar nicht so. Sie war groß und ziemlich knochig und trug einen knallroten Hosenanzug. Sie hatte hohe Wangenknochen und ein herzförmiges Gesicht, das für ihre Gestalt viel zu klein wirkte und zu dem hellbraunen Haar mit grauen Strähnen und dem resoluten Ausdruck gar nicht zu passen schien.

„Wie geht es Ihnen?" erkundigte sie sich, als ob sie tatsächlich eine Antwort erwartete.

„Gut", sagte Carol, verdutzt über die gestelzte britische Aussprache. „Und Ihnen?"

„Vermutlich haben Sie von Richard gehört? Das hat wohl jeder."

„Ja. Es tut mir so leid." Carol fühlte sich hilflos. In ihrer Rolle als Kommissarin würde sie Zuversicht ausstrahlen und freundliche, aber präzise Fragen stellen und die Antworten auf Ungereimheiten abklopfen. In dieser Situation war sie, wie jede Fremde, auf höfliche Konversation verwiesen mit einer Frau, der etwas Unvorstellbares passiert war.

Carol fragte sich, ob Michele Rackham ihren Mann liebte, ob sie nachts wach lag und ihr schreckliche Vorstellungen durch den Kopf gingen. Oder war sie insgeheim erleichtert, zufrieden? Oder befand sie sich in einem Nebel aus Ungewißheit und Angst? Oder wußte sie, was passiert war? Wo er war, tot oder am Leben?

Michele Rackham trat einen Schritt näher und flüsterte Carol eindringlich zu: „Die Beamten löchern mich, wissen

Sie, aber ich kann mir nicht vorstellen, was ich mit ihm getan haben soll. Können Sie's?"

„Ich weiß nicht genau, was Sie meinen."

„Mit meinem Mann", sagte sie. „Er hat sich in Luft aufgelöst." Plötzlich grinste sie. „Wie unerquicklich für alle, aber andererseits hat sich Richard ja nie darum geschert, ob anderen etwas zupaß kam."

Beim letzten Gang des Essens, das so exzellent war, wie der Partyservice gesagt hatte, fühlte sich Carol derart benebelt, daß sie am liebsten den Kopf auf den Tisch gelegt hätte und auf der Stelle in Tiefschlaf versunken wäre. Nicht daß die Gäste zu ihren Seiten sie so gelangweilt hätten – Hal saß zu ihrer Rechten und Darby Clegg, ein renommierter Sachbuchautor echter Kriminalfälle zu ihrer Linken –, aber der Rotwein hatte sie verlockt, und trotz aller Zurückhaltung wirkte er wie eine Schlaftablette.

Robbie Zow hatte die Unterhaltung mit Anekdoten über andere Filmschauspieler bestritten und eine Geschichte beigetragen, wie Zwillinge mittleren Alters ihn verfolgt hatten, in sein Haus eingebrochen waren und in sämtlichen Taschen seiner Kleidung Liebesbriefchen hinterlassen hatten. Die ganze Zeit über verschlang ihn Davina mit bewunderndem Blick, lachte entzückt und sah sich ab und zu besitzergreifend am Tisch um, damit auch alle kapierten, daß dieser Mann ihr gehörte.

Darby Clegg, runzelig und dürr, mit spärlichem Bart und noch spärlicherem schwarzem Haupthaar, beugte sich zu Carol und flüsterte: „Zow schickt Davina in die Wüste, sobald ihn die Geschworenen freisprechen."

„Tatsächlich?"

„Tatsächlich. Sie können mich beim Wort nehmen, ich bin Experte. In meinem nächsten Buch geht es um Stars und deren Konflikte mit dem Gesetz. *Hollywood-Gaunereien*. Wie finden Sie den Titel?"

Carol wollte diplomatisch antworten, doch das war gar nicht nötig, weil Clegg fortfuhr: „Meinem Agenten gefällt er auch nicht. Wie wär's mit *Mord mit Freispruch*? Macht Sie das an? Jetzt mal ehrlich." Er schüttelte finster den Kopf. „Mir gefällt ja *Böse Stars* am besten, aber mein Verleger will davon nichts wissen."

Der Kaffee wurde in einem anderen Raum serviert, und sobald Darby Clegg von seiner Nachbarin auf der anderen Seite abgelenkt wurde, ergriff Carol die Gelegenheit und schlüpfte durch die Terrassentür auf den Marmorbalkon hinaus.

Der Garten war in Flutlicht getaucht, so daß sie sich nicht ins Dunkle flüchten konnte, aber die kalte Nachluft war erfrischend. Sie atmete tief durch, um den Kopf klarzukriegen, ehe sie zur Party zurückkehrte, wobei sie kurz überschlug, wie spät es jetzt in Sydney war: zwischen drei und vier Uhr morgens. Kein Wunder, daß ihr innere Uhr verlangte, schlafen zu gehen.

Sie unterdrückte ein Gähnen und wollte gerade hineingehen, als eine Stimme fragte: „Wir langweilen Sie doch nicht etwa?"

„Überhaupt nicht. Der Jetlag hat mich erwischt, auch wenn ich mich weigere, zuzugeben, daß es ihn gibt."

Leota Woolfes Zähne strahlten in dem dunklen Gesicht. „Sie sind durch die halbe Welt geflogen und heute morgen hier angekommen? Das nenne ich einen ausreichenden Grund, müde zu sein."

Sie war durchtrainiert und hielt sich sehr gerade, und sie hatte einen eindringlichen Blick, dessen Intensität fast beunruhigend war. Diese Frau hatte etwas Energisches, ihre schnörkellose Art spiegelte sich in dem schlichten marineblauen Kleid und dem einzigen Schmuck in Form einer quadratischen Uhr.

Die FBI-Agentin war erst spät, direkt vor dem Essen erschienen, so war Carol ihr zwar vorgestellt worden, hatte aber nur ein paar höfliche Worte mit ihr gewechselt.

„Ich glaube, Sie haben von mir gehört", sagte Carol. „Ich würde gern erfahren, wieso."

Leota stützte die Ellbogen auf die Balkonbrüstung und sah in den erleuchteten Garten. „Sie haben in Australien Fälle mit internationalem Aspekt aufgeklärt. Zum Beispiel waren das FBI und die CIA und die australische ASIO involviert, als es um die amerikanische Verbindung zur australischen Terrorgruppe Innerer Kreis ging. Ich selbst war auf unserer Seite damit befaßt."

„Und Sie erinnern sich an mich, obwohl wir nie miteinander gesprochen haben? Das ist schwer zu glauben."

Leota drehte sich grinsend zu ihr um. „Welche Bescheidenheit. Natürlich werden sämtliche internationalen Kriminalisten, die zur Fortbildung in die Akademie kommen, vom FBI gründlich überprüft. Bei Ihrem Namen stand der Vermerk, daß Sie bereits mit dem FBI zusammengearbeitet haben, und das hat mich interessiert, so daß ich recherchiert habe."

Stirnrunzelnd fragte Carol: „Ich verstehe nicht, wieso."

Leota zuckte die Schultern. „Es gehört zu den organisatorischen Initiativen des FBI, effektive Interpolverbindungen herzustellen. Ihre Erfolgsquote ist exzellent, und die Tatsache, daß Sie jetzt an der Fortbildung in Quantico teilnehmen, ist ein Plus."

Carol zog die Brauen hoch. „Wird etwa von mir erwartet, als Strohfrau des FBI nach Sydney zurückzukehren?"

Die Agentin lachte laut, so daß Carol unwillkürlich lächeln mußte.

„Ich bin überrascht, daß Ihre Vorgesetzten Sie so gar nicht ins Bild gesetzt haben", erklärte Leota. „Das FBI ist zuständig bei Ermittlung und Aufklärung sowie Unterstützung bei der Verfolgung von Verbrechen gegen amerikanische Staatsbürger. Effektive internationale polizeiliche Zusammenarbeit ist dabei unabdingbar."

„Gott", sagte Carol, „reden Sie immer wie ein Lehrbuch?"

Leota gluckste. „Ich glaube, Sie könnten mir gefallen."

5

„Was meinen Sie?" dröhnte Karfers Stimme hinter Carol. „Ganz schön beeindruckend, was?"

„Das ist es."

Eingemummelt gegen die alles durchdringende Kälte, hatten Carol und die anderen Teilnehmerinnen und Teilnehmer an dem Kurs „Verbrechensbekämpfung im 21. Jahrhundert" die Führung durch den Akademiekomplex gerade beendet. Es hatte noch nicht geschneit, doch ein eisiger Wind blies über die Chesapeake Bay, und Carol hatte den Kragen ihrer Daunenjacke hochgeschlagen und dankte dem Himmel, daß sie in weiser Voraussicht ihre Skihandschuhe eingepackt hatte.

Die FBI-Akademie auf dem amerikanischen Marinestützpunkt in Quantico, Virginia, war ein legendärer Ort für Carol. Sie hatte darüber in Krimis gelesen, Filme gesehen, ihn unzählige Male in der Presse erwähnt gefunden.

Dank der gründlichen Einführung des FBI wußte sie jetzt, daß das nationale Akademieprogramm seit 1935 existierte und sich aus bescheidenen Anfängen zu einem internationalen Fortbildungsprogramm ausgewachsen hatte. Die FBI-Akademie, die sie besuchten, war im Sommer 1972 eröffnet worden und lag auf einem bewaldeten dreihundertfünfundachtzig Morgen großen Gelände, auf dem sich auch die Zentrale der Drogenbekämpfung befand. Ein Bereich, über den sie gehört hatte und der in vielen Filmen vorkam, war Hogan's Alley, die berühmte Trainingseinrichtung, die mit Hausfassaden an der Hauptstraße einer Kleinstadt ausstaffiert war. Dort wurden Banküberfälle, Tag-und-Nacht-Observierungen, Entführungen und Attentate durchgespielt und trainiert. Carol erinnerte sich an einen Lehrfilm, in dem die Kursteilnehmer die Straße entlanggehen mußten, ohne zu wissen, ob plötzlich ein unschuldiger Passant auftauchte oder ein Verbrecher, der sie kaltmachen wollte. Sie erinnerte sich lebhaft an die roten beschämten Gesichter jener Schulungsteilnehmer, die die Attrappen von Jugendlichen oder harmlosen Bürgern abgeknallt hatten.

Hätten sie und ihre Kolleginnen und Kollegen sich zu dem allgemeinen elfwöchigen Lehrgang für Kripobeamte im mittleren und gehobenen Dienst angemeldet, hätte sie eine Ausbildung in Hogan's Alley erwartet. Aber ihre nur zwölfköpfige Gruppe nahm an einem Kurs in kleiner Besetzung teil, der sich mit den neuesten Entwicklungen in der Verbrechensbekämpfung befaßte, wozu der genetische Fingerabdruck ebenso gehörte wie Rasterfahndung, Verhörtechniken, die Kenntnis tödlicher und nicht tödlicher Waffen.

Carol hatte sich ursprünglich für einen Speziallehrgang zur Profilerstellung von Serientätern angemeldet, aber ihre Vorgesetzten hatten entschieden, daß sie und Karfer von dem neuen Kurs mehr profitieren würden.

Peter Karfer hatte sie bereits erwartet und wie seine lange verschollene Verwandte begrüßt, dann hatte er sich an ihre Fersen geheftet, während ein bewundernswert rationeller Ausbilder ihre Gruppe herumführte und mit den Örtlichkeiten vertraut machte. Jetzt kehrten sie in den Versammlungsraum zurück, der fast unerträglich überheizt war.

„Bin gleich zurück“, sagte Karfer und verließ sie.

Carol sah sich die Leute an, mit denen sie die kommenden Wochen verbringen würde. Bei der Verteilung der Namensschilder zuvor hatte sie bemerkt, daß die Kriminalisten aus Kanada, England, den Philippinen, Skandinavien, Hongkong, Neuseeland und Australien kamen.

Sie wollte sich gerade mit einem baumlangen nordischen Kollegen unterhalten, der wie ein zivilisierter Wikinger aussah, als Karfer mit zwei Leuten im Schlepptau zurückkehrte.

„Carol, ich möchte Ihnen Magic Mike und Deb vorstellen, von denen ich Ihnen soviel erzählt habe.“ Karfer machte eine ausladende Geste in Carols Richtung. „Hier habt ihr Kriminalkommissarin Carol Ashton, Sydneys attraktivste Polizistin.“

Das Kompliment war ironisch gemeint, wie Carol klarwurde. Mike Yench und Debra Caulfied schüttelten ihr die Hand und musterten sie ganz unverblümt.

Hauptkommissar Mike Yench war in jeder Hinsicht ein großer Mann. Er überragte Carol um einiges, hatte massige Schultern, sein umfangreicher Körper und die dicken Oberschenkel spannten Hemd und Jeans. Er hatte grobe Gesichtszüge und rote volle Lippen, sein rötliches Haar hatte einen Bürstenschnitt. Für einen so großen Mann war sein Händedruck erstaunlich lasch und feucht, Carol hätte sich anschließend am liebsten die Hand abgewischt. Als er sprach, hörte sie Cockney durch.

„Diese Yankees werden sagen, Sie und ich kommen aus demselben Land", sagte er. „Die können einen waschechten Engländer nicht von einem Aussie unterscheiden und wissen nicht, daß es genauso schlimm ist, als würde man einen Yankee als Kanadier bezeichnen."

Kommissarin Debra Caulfield wirkte neben diesem Koloß eher schmächtig. Ihr Ausdruck war kühl und aufmerksam, ihr hageres Gesicht intelligent, ihr Mund fest und die Augen fast schwarz. Ihr schwarzes glänzendes Haar hatte einen schlichten bequemen Schnitt. Sie sagte nichts, nickte Carol nur zu und verzog kaum merklich die Mundwinkel. Carol fragte sich, ob das bei Debra Caulfield als Lächeln durchging oder ob sie ihr damit andeuten wollte, daß sie sie nicht mochte.

„Deb und Mike operieren immer da, wo's brennt", erklärte Karfer Carol, als habe er persönlich dieses Dreamteam erschaffen. „Drogenhandel, Terrorismus – egal was, sie sind immer einen Schritt voraus." Er grinste die so Gelobten an. „Ich schätze, ihr beide seid hier, um den Kolonisten zu zeigen, wo's lang geht, was?"

Debra Caulfield zuckte kaum merklich die Achseln; Mike Yench sagte: „Pete, du redest zuviel. Das ist mir schon häufiger aufgefallen. Bei einem Bullen ist das kein Vorzug."

Karfer wurde rot und tat Carol beinahe leid. „Naja", sagte er. Betretenes Schweigen folgte, dann blickte Karfer in eine Ecke, als habe er etwas Wichtiges entdeckt, murmelte: „Entschuldigt mich", und eilte davon.

Yench sah ihm nach und fragte Carol: „Sie und Pete sind gute Freunde?“

„Wir sind Kollegen.“

Carols Antwort amüsierte ihn. „Ich würde sagen, Sie halten Karfer für einen Wichtsack, genau wie ich.“

„Er hält auch große Stücke auf Sie“, erwiderte Carol.

Ihr trockener Ton brachte Yench zum Lachen. „Sie und ich, Carol“, sagte er, „werden uns blendend verstehen.“

Debra Caulfields Ausdruck hatte sich nicht verändert, doch als die Frau sie jetzt mit einem raschen Blick musterte, verspürte Carol einen Anflug von Antipathie. „Karfer kann manchmal ein rechtes Schwein sein.“

Dies waren die ersten Worte, die Carol aus ihrem Mund vernahm, und aus ihrer Aussprache schloß Carol auf die britische Oberklasse, wenn auch nicht ihrer Äußerung nach.

Die Fortsetzung des Gesprächs verhinderte eine Aufforderung, die weitere Aufnahmeprozedur vor dem Abendessen zu erledigen. Sobald sie sich absetzen konnte, begab sich Carol zu den Schlafräumen, um vor dem Essen ein wenig allein zu sein.

Sie sah sich in dem Mehrbettzimmer um. Darin befanden sich sechs Betten, es war durchaus gemütlich, trotzdem vermißte Carol schon jetzt das Lachen der Papageien und den Duft der Eukalyptusbäume, der durch ihr Schlafzimmer wehte. Seit ihrer Ausbildungszeit bei der Kripo hatte sie nicht mehr in einer Gruppe geschlafen und war sich nicht sicher, ob sie dies mit Gleichmut ertrüge. An der Akademie fanden verschiedene Lehrgänge gleichzeitig statt, so daß sämtliche Zimmer belegt waren.

Nachdem sie das Badezimmer inspiziert hatte, dessen Licht sie überhaupt nicht schmeichelhaft fand, setzte sich Carol aufs Bett neben ihren Koffer, um den Lageplan zu studieren, der sich in der Informationsmappe befand. Zum zentralen Schulungskomplex gehörten Verwaltungsbüros, drei Wohngebäude, ein Speisesaal, eine Bibliothek, ein Unterrichtsgebäude, ein Vorlesungssaal, eine Kapelle, eine Sporthalle und im Freien eine Langstreckenbahn.

Sie entdeckte Hogan's Alley. In der Nähe befand sich eine Trainingsstrecke für Täterverfolgung und Personenschutz. Schießstände waren dem FBI sichtbar wichtig, neben einem innenliegenden gab es erstaunlicherweise ganze acht draußen und einen besonderen Stand für das Schießen mit Gewehren.

Sie beugte sich über ihren Stundenplan und fand das Organisationstalent des FBI bewundernswert. Alles war äußerst übersichtlich, der Zeitplan relativ eng, und für keinen Teilnehmer bestand Unklarheit, wo und wann Berichte zu schreiben waren. Das würde eine interessante Erfahrung, dachte Carol, wenn auch keine bequeme.

Während sie ihren Koffer öffnete, wanderten ihre Gedanken zu Leota Woolfe, die gesagt hatte, sie sähe Carol in Quantico wieder. Die Agentin war nicht übermäßig zuvorkommend gewesen, als Carol sich mit ihr auf Jills und Hals Party unterhalten hatte. Carol glaubte nicht eine Sekunde daran, daß das an ihr gezeigte Interesse irgend etwas mit dem internationalen kriminalpolizeilichen Brückenschlag zu tun hatte. Vermutlich hatte es etwas mit Hal del Boscos Involviertheit in das Verschwinden von Rackham zu tun, obwohl Carol sich nicht vorstellen konnte, wieso und warum.

Sir Richard Rackham war ein britischer Politiker, der für seine impulsiven Aktionen und unbeherrschten Äußerungen bekannt war, und sein plötzliches Verschwinden war auf großes Interesse der Medien gestoßen. Es gab keinerlei Hinweis, daß es etwas mit Spionage zu tun hatte. Und eine genaue Untersuchung seiner früheren Beziehungen hatte nichts zutage befördert, das darauf schließen ließ, er sei eine besondere Zielscheibe gewesen, obwohl er ganz offen die Gewalt in Nordirland verurteilt und bei vielen Gelegenheiten die IRA wegen ihrer Bombenangriffe und Morde auf britischem Territorium angegriffen hatte.

Carol konnte sich an Sir Richards Gesicht erinnern, das sie in den Nachrichten gesehen hatte. Er war in vieler Hinsicht der Inbegriff einer bestimmten Art britischer Gentlemen, die seit Jahren in den Karikaturen erschien: Er war korpulent und hatte ein rotes Gesicht, seine intensiven blauen Augen blinzelten herausfordernd auf die Welt. Er hatte einen dichten weißen Bart, der sehr gepflegt war. Sein Haar, das offensichtlich in jungen Jahren sehr hell gewesen war, wirkte schütter und grau und war trotzig über den Schädel gekämmt. Beim Reden verschluckte er die Worte in der Weise, wie es die Oberen Zehntausend taten, dabei näselte er laut und provozierend. Seinen Interessen entsprechend, hatte er sich für Fuchsjagden stark gemacht, die Einwanderung verteufelt und jede politische Union mit Europa.

Sein plötzliches Verschwinden hatte in der Presse zu

Spekulationen geführt, und sein Schicksal war verschiedentlich als das Werk der IRA oder auch eines der vielen Staaten im Vorderen Orient – Rackham hatte bei Gelegenheit die meisten von ihnen verurteilt – oder sogar der CIA bezeichnet worden. Letztere Theorie wurde von britischen Zeitungen lanciert, die herausgefunden hatten, daß Sir Richard als Sonderbotschafter des Premierministers in einer Mission von nationaler Bedeutung unterwegs gewesen war, als er verschwand. Andere spekulierten darüber, daß Rackham sein eigenes Verschwinden initiiert hatte – man berichtete, er sei auf den Bahamas, in Kanada und Brasilien gesichtet worden –, daß er einen Gedächtnisverlust erlitten haben könnte und umherirrte, ohne sich bewußt zu sein, daß fieberhaft nach ihm gesucht wurde.

„Wie ich sehe, bewohnen wir das gleiche Zimmer", sagte Debra Caulfield von der Tür her, und ihr Ton klang kein bißchen erfreut.

Carol lächelte sie an. „Was ist, mögen Sie keine Aussies oder speziell mich nicht?"

Widerstrebend grinste Debra zurück. „Tut mir leid. Ich bin wohl etwas garstig gewesen. Tatsache ist, daß ich überhaupt nicht herkommen wollte."

„Warum haben Sie sich dann beworben?"

„Das hat mit mir nichts zu tun. Ich bekam die Anweisung, am Lehrgang teilzunehmen, und das war's." Sie setzte sich auf das Bett nebenan. „Bei Mike war's genauso, aber ihm macht das nichts aus."

„Haben Sie eine Ahnung, warum?"

„Berufliche Weiterentwicklung", sagte Debra sarkastisch. „Was könnte sonst der Grund sein?"

***

Carol trödelte beim Auspacken und kam zu spät zum Abendessen. Der Speisesaal sah aus wie jeder andere Massenabfütterungssaal. Der Boden war leicht zu reinigen und geräuschdämpfend. An der Essensausgabe stand eine Schlange, Gäste mit beladenen Tabletts sahen sich nach freien Tischen um.

„Kommen Sie, setzen Sie sich zu uns", rief Mike Yench, der an einem Tisch das Kommando führte. Carol hätte sich am liebsten selbst einen Platz gesucht, denn sie war bereits sicher, daß sie am Ende des Kurses von seiner Gesellschaft die Nase gestrichen voll hätte, aber sie nickte lächelnd und nahm Platz.

Er stellte sie vor: „Hört alle her, dies ist Carol Ashton aus Sydney, Australien. Carol, ich möchte Sie mit Ian Forteys, Lars Svenson und Nikki Lee aus Hongkong bekannt machen. Deb und Pete kennen Sie ja schon."

Die Kälte hatte Carols Appetit gestärkt, sie aß schweigend und hörte der Unterhaltung zu. Ian Forteys klang eindeutig wie ein Schotte. Er hatte dunkles Haar, im klaren weißen Teint zeichnete sich der Schatten seines Bartes ab. Er war dürr, hohlwangig und hatte schmale Hände mit langen Fingern. Er machte einen lockeren, angenehmen Eindruck, obwohl das, vermutete Carol, auch an seinem sympathischen Dialekt liegen konnte.

Neben ihm saß dieser Wikinger, den sie gerade ansprechen wollte, als Peter Karfer ihr Mike Yench und Debra vorgestellt hatte. Lars hatte eine dichte blonde Mähne, einen dunkleren rotblonden Bart und eine muskulöse Statur. Sein Stimme klang wie ein tiefes Rollen, und seine blauen Augen hatten etwas Stechendes. Es war unschwer, ihn sich mit der Axt in der Hand im Bug eines Wikinkerkriegsschiffes vorzustellen.

Am anderen Ende des Tisches saß Nikki Lee, eine kräftige Asiatin mit breitem Mund und humorvollem Glucksen, das andere zum Lachen brachte. Sie hatte in England studiert und sprach ein so gestelztes Englisch wie Debra Caulfield, was total abwegig wirkte. Peter Karfer saß neben ihr, und seine Bemerkungen amüsierten sie offensichtlich, da sie immerfort in Gelächter ausbrach.

Mike Yench lachte mit, sein tiefer Baß untermalte ihren Sopran, von seinen Animositäten Karfer gegenüber war nichts zu spüren.

Wie vorauszusehen, amüsierte sich Debra Caulfield ganz und gar nicht. Sie saß neben Yench und stocherte in ihrem Essen. Carol glaubte, sie sei irritiert und nervös, doch bei genauer Beobachtung ging ihr plötzlich auf, daß Debra keineswegs gereizt, sondern beunruhigt war, vielleicht fürchtete sie sich sogar.

6

Der Unterrichtsraum war modern und schallisoliert, doch die Tatsache, daß er geheizt war, behagte Carol am meisten. Nach einer erstaunlich guten Nacht – beim Zubettgehen war sie überzeugt gewesen, daß sie in einem Raum mit fünf Personen kein Auge zubekäme, und das war ihr letzter Gedanke, bis es Tag wurde – hatte Carol ihren Morgenlauf absolviert. Bis auf die Knochen durchgefroren war sie zurückgekehrt, selbst die heiße Dusche und das Frühstück hatten sie nicht ganz aufgetaut.

Sich selbst bedauernd, dachte sie, daß sie für ein wärmeres Klima geschaffen sei. Sie war zwar in Australien Ski gelaufen, aber es gab nur sehr wenige Schneefelder, und da war sie entsprechend gekleidet gewesen. Sie hatte warme Sachen eingepackt, die für einen milden Winter in Sydney ausreichten, sowie Skijacke und -handschuhe, doch zwei Tage im frostigen Virginia hatten ihr gezeigt, daß das nicht ausreichte. Die Kälte hier war beißender, durchdringender, und sie nahm sich vor, bei erster Gelegenheit eine wärmere Jacke und Hose zu kaufen.

Sie blickte sich um und musterte die Gesichter ihrer elf Kolleginnen und Kollegen. Alle wirkten ausgeschlafen und munter, sogar Debra, die sich beim Frühstück zu einer Unterhaltung mit Carol herabgelassen hatte. Die anderen Frauen in ihrem Schlafraum waren nett und rücksichtsvoll, bis auf eine aufgeblasene Person, die später gekommen war und sich unglaublich breit machte, indem sie ihr umfängliches Gepack auf Debras Bett ablud, neben der sie schlief.

Es war zu einer bedauerlichen Konfrontation gekommen, bis Carol eingegriffen und den Streit geschlichtet hatte. Beim Gedanken daran, wie Tante Sarah gejohlt hätte, hätte sie ihre friedenstiftende Nichte gesehen, mußte sie insgeheim grinsen. Natürlich war ihre Einmischung nicht ganz und gar selbstlos gewesen. Debra Caulfield hatte ihr Interesse geweckt, und sie hätte gern erfahren, warum sie sich so verächtlich über Karfer geäußert hatte.

„Auf geht's, Leute“, sagte der Kursleiter vorn. „Ich bitte um Ihre Aufmerksamkeit.“

Er ließ seinen Blick über sein Publikum schweifen, blätterte dann einige Seiten des vor ihm liegenden Manuskripts um. Er räusperte sich und begann: „Bei unserer Beschäftigung mit den neuesten Verhörmethoden wenden wir uns zunächst einer oft belächelten Technik zu, dem Polygraphen oder Lügendetektor.“ Wieder räusperte er sich. „Der Lügendetektor ist eigentlich nicht dazu da, zweifelsfrei festzustellen, daß eine Person lügt, insofern paßt der Name nicht so ganz, sondern lediglich die Wahrscheinlichkeit nachzuweisen, ob ein Mensch die Wahrheit sagt oder nicht.“

Sein eintöniges Näseln irritierte Carol. Sie versuchte sich auf das zu konzentrieren, was er sagte, und seine Stimme zu ignorieren, als er fortfuhr: „Auch wenn dieses

Instrument inzwischen weiterentwickelt wurde und Lügen sehr viel verläßlicher feststellen kann, werden allgemeine Testergebnisse vor amerikanischen Gerichten nicht als Beweis zugelassen, ebensowenig in anderen Ländern."

„Weil das Ganze fauler Zauber ist", bemerkte Peter Karfer laut genug, daß es der Ausbilder, Frank Vertelle, hörte.

Sein Gesicht versteinerte. „Bitte, unterlassen Sie vorläufig alle Fragen oder Kommentare, Karfer, wir kommen später darauf zurück."

Der FBI-Mann hatte einen hungrigen Ausdruck, dachte Carol, und das hatte nichts mit Essen zu tun. Er war nicht so dürr wie Ian Forteys, hatte aber ein schmales, scharfes Gesicht. Sein Blick war stechend und voller Wachsamkeit, daß ihm ja nichts entging. Er trug einen dunklen Anzug, weißes Hemd und rote Krawatte, die schmal und fest geknotet war. Er erinnerte Carol unwillkürlich an einen Schakal, der auf Beute lauerte, die attackiert und in Stücke gerissen werden konnte.

Bei dieser Vorstellung mußte sie grinsen, doch das Lächeln verging ihr, als Vertelle sie anblaffte: „Was finden Sie hier lustig, Ashton?"

Es sei seine Art, alle Teilnehmenden, ob männlich oder weiblich, schlicht mit Nachnamen anzureden, hatte er bei der Einführung erklärt. „Dann sind Sie also für uns Vertelle?" hatte Nikki Lee gefragt.

„Agent Vertelle", hatte er bissig korrigiert.

Der Kursleiter wartete auf ihre Antwort. Carol starrte ihn an, der Typ wurde ihr immer unsympathischer. „Diesen Unterricht wohl kaum", antwortete sie mit einem Anflug von Lächeln.

Er bedachte sie mit einem langen, durchdringenden Blick, dann besann er sich und fuhr fort: „Das Konzept des Lügendetektors basiert auf der Überzeugung, daß eine Person körperlich unterschiedlich reagiert, je nachdem ob sie lügt oder die Wahrheit sagt, obwohl ich darauf hinweisen muß, daß gültige Resultate vom Tester und den Fragestellungen abhängig sind."

Er machte eine Pause, dann sagte er mit einem giftigen Blick in Karfers Richtung: „Sie alle werden Gelegenheit haben, sich vom neuesten computergesteuerten Lügendetektor testen zu lassen und die Effizienz dieser Maschine selbst zu beurteilen. Sie werden sehen, daß der Computer mit einer Vielzahl an Daten gefüttert wird: Blutdruck, Pulsschlag, Atemfrequenz, elektrische Veränderungen der Haut und Stimmenfrequenz. Außerdem wurde die neueste Entwicklung beim Aufspüren von Lügen bereits integriert: ein spezielles Computerprogramm, das sechsundvierzig Muskelbewegungen klassifiziert, über die sich der gesamte menschliche Ausdruck vollzieht."

Vertelle betätigte einen Knopf an seinem Pult, und der Fernsehschirm hinter ihm wurde lebendig. „Das Salk-Institut in Kalifornien hat ein System entwickelt, das noch so winzige Veränderungen der Gesichtszüge registriert und daraus auf die Emotionen schließt, die diesen subtilen Bewegungen zugrunde liegen."

Die kurze Dokumentation war faszinierend. Manche Bewegungen ließen sich nur im Zeitlupentempo wahrnehmen. Carol sah eine Person, die ganz normal bei der

Beantwortung von Fragen gefilmt worden war und dabei offen und ehrlich lächelte, bei einem erneuten Durchlauf im Zeitlupentempo bemerkte sie zuerst ein kaum wahrnehmbares Stirnrunzeln, dem ein Lächeln folgte, das nun einwandfrei als falsch identifiziert werden konnte.

„Sehen Sie sich die Augen an“, sagte Vertelle und stoppte das Bild, um auf die Augenwinkel der Frau zu deuten. „Ein echtes Lächeln zieht die Augen in einem Muster zusammen, das der Computer lesen kann. Ein falsches Lächeln kräuselt die Haut um die Augen zu Krähenfüßen, nicht Lachfältchen, und die Muskeln des Gesichts sind gespannter.“

„Na, das ist doch was“, brummte Mike Yench sarkastisch. „Von nun an fordere ich meine verhafteten Schurken zum Lachen auf, damit ich feststellen kann, ob sie lügen oder nicht.“

Manche glucksten amüsiert, Frank Vertelle schien jeder Sinn für Humor jedoch abzugehen. „Das wird nicht nötig sein“, sagte er. „Das Programm spürt jede noch so minimale Ausdrucksveränderung auf, nicht nur beim Lächeln.“

Er schaltete den Fernsehschirm aus und wandte sich wieder der Klasse zu. „Wir kommen jetzt zu einer praktischen Demonstration.“ Er nickte einer seitlich sitzenden Frau zu. „Eine Expertin vom FBI wird sie durchführen, so ist es kaum möglich, das System auszutricksen.“

„Aber ein Lügendetektor ist doch nicht unschlagbar, oder?“ fragte Ian Forteys. „Auch nicht mit diesem minimalen Veränderungszeug?“

„Höchstens durch einen sehr talentierten Schauspieler oder einen Soziopathen“, gab Vertelle widerstrebend zu.

Er nahm Carol ins Visier. „Ashton, Sie können unser erstes Demonstrationsobjekt sein. Sie sehen aus wie eine, die überzeugend lügen könnte."

Die Bemerkung saß, und Carol fühlte sich ebenso sprachlos vor Zorn wie früher in der Schule, wenn sie das Opfer einer gemeinen Bemerkung des Lehrers war. Trotzdem folgte sie widerspruchslos der Aufforderung und ging nach vorn, wo die Testerin ihr Gerät aufbaute.

Von der Tür rief eine Stimme: „Alle Kripoleute sollten in der Lage sein, überzeugend zu lügen. Das ist eine berufliche Notwendigkeit." Leota Woolfe kam herein. „Ich bin als Beobachterin hier", sagte sie.

Vertelle neigte den Kopf. „Dies ist Agentin Woolfe", erklärte er mit neutraler Stimme.

Carol verzog die Lippen. *Ich brauche kein minimales Ausdrucksregistrierprogramm, um dich zu lesen,* dachte sie. *Du magst Leota Woolfe nicht, und dich ärgert, daß sie deinen Unterricht begutachtet.* Das war kindisch, wußte sie, trotzdem verspürte Carol eine gewisse Schadenfreude.

Leota Woolfe nahm Vertelle beiseite und redete leise auf ihn ein. Carol sah, daß er die Stirn runzelte. „Warum?" fragte er.

Die Agentin antwortete, und Vertelle nickte stirnrunzelnd. „Ashton!" sagte er laut. „Sie sind abgehakt. Caulfield, kommen Sie bitte nach vorn."

Debra Caulfield erhob sich sichtlich widerstrebend. „Wenn es Ihnen nichts ausmacht, möchte ich lieber passen."

„Es tut nicht weh. Kommen Sie vor, bitte!"

Carol sah, wie Leota der Testerin ein Blatt Papier reichte, sich dann über sie beugte und ihr offensichtlich Anweisungen gab. Die Testerin scannte die Seite ein, dann blickte sie Leota mit hochgezogenen Brauen an. Die Agentin nickte bestätigend, ehe sie sich auf die Seite begab, wo sie mit verschränkten Armen verharrte.

Lügendetektoren waren in australischen Gerichtsverfahren nicht zugelassen, aber Carol hatte Filme und Dokumentationen gesehen und Geschichten gehört, wie man sie ausgetrickst hatte, indem man sich bei harmlosen Fragen als Bösewicht gebärdete.

Nikki dachte offensichtlich so ähnlich, denn sie fragte: „Ist es nicht doch möglich, den Lügendetektor zu irritieren, Agent Vertelle?"

„Äußerstenfalls könnten die Ergebnisse unschlüssig sein", erklärte Vertelle. „Ein Individuum kann versuchen, das System an der Nase herumzuführen, indem es irgendwelche Muskeln verzieht oder den Atem anhält oder sich mit Drogen oder Alkohol vollpumpt, aber solche Gegenmaßnahmen haben kaum je Erfolg, wenn der Tester versiert und erfahren ist."

Das Gerät war sehr viel kleiner, als Carol erwartet hatte, und bestand nur aus Kamera, Drucker und Laptop. Mit geübten Handgriffen schloß die Testerin Debra Caulfield an ein paar Kabel an, spannte ihr Bänder über Brust und Bauch, mithilfe derer die Atmung registriert wurde. „Man beachte", sagte Vertelle, „daß nicht nur die Atemfrequenz gemessen wird, sondern auch die Intensität. Außerdem wird das Gerät die Impulse der Haut messen, den Blutdruck, Puls und die Gesichtsbewegungen."

„Sie heißen Debra?“ fragte die Testerin, nachdem sie die Apparatur überprüft hatte. Sie starrte auf den Monitor ihres Laptops, während Debra bejahte.

Die harmlose Frage gehörte zur ersten von zwei Fragekategorien. In einem Vorverhör wurden Kontrollfragen, die emotional nicht aufgeladen und eindeutig überprüfbar waren, benutzt, um die normalen Parameter festzustellen, wenn eine Person antwortete. Danach kamen spezifische Fragen bezüglich des Vorfalls oder Verbrechens, und die Körpermerkmale der Person wurden aufgezeichnet und mit den Reaktionen auf die Kontrollfragen verglichen.

Nach einer Reihe harmloser Fragen, die mit unbeteiligter Stimme gestellt wurden, blickte die Testerin auf das Blatt, das Leota Woolfe ihr gegeben hatte. „Haben Sie je in Ihrem Leben gestohlen?“ fragte sie.

„In meinem ganzen Leben? Selbstverständlich habe ich das.“

Unwillkürlich nickte Carol. Das war eine zutreffende Antwort, da aller Voraussicht nach jeder Mensch sich irgendwann einmal an irgend etwas vergriffen hatte.

Eine Pause entstand. Dann fragte die Testerin. „Ist Sir Richard Rackham tot?“

Carol hörte, wie hinter ihr nach Luft geschnappt wurde. Vorn am Pult sprang Debra auf, zog die Strippen heraus und riß die Bänder ab.

„Das mache ich nicht mehr mit“, sagte sie. Ohne irgendwen anzusehen marschierte sie aus dem Raum.

„Teufel noch mal“, entfuhr es Karfer. „Was war *das* denn?“

***

Mittags beim Lunch schnappte sich Ian Forteys den Stuhl neben Carol. „Was glauben Sie, was es mit dieser schwarzen Agentin auf sich hatte. Wie hieß sie doch gleich? Woolfe?“

„Leota Woolfe.“

Er starrte sie an. „Sie hatten mit ihr schon zu tun?“

„Ja, hatte ich.“

„Beruflich?“

Carol überlegte. „Gewissermaßen“, antwortete sie.

Forteys grinste breit. „Es ist leichter, Blut aus einem Stein zu wringen, als Sie auszuquetschen, schätze ich.“

Carol verzog das Gesicht. „Ich weiß nichts, deshalb bringt das Ausquetschen Sie auch nicht weiter.“

Er deutete mit dem Kopf in Debra Caulfieds Richtung. Mike Yench saß neben ihr, mit dem Gesicht dicht vor ihrem redete er leise auf sie ein. „Was ist mit ihr? Glauben Sie, sie weiß etwas über Sir Richards plötzliches Verschwinden?“

Carol sah zu der britischen Kripobeamtin hinüber. Debras Gesicht war versteinert, ihre Schultern verkrampft. Seit sie am Tisch saß, hatte sie weder gesprochen noch etwas gegessen. Sogar für Mike Yenchs Worte schien sie taub. „Sie wollte keine Fragen zu diesem Thema beantworten, das ist alles, was ich dazu sagen kann.“

Forteys hageres Gesicht war angespannt, und eine feine Röte überzog sein blasses Gesicht. Carol fragte sich, wieso das, was passiert war, ihn derart animierte.

Ohne den Blick von Debra zu wenden, erklärte er:

„Sie ist heute morgen reingelegt worden. Ein ziemlich geschickter Hinterhalt. Ich frage mich, was sie noch gefragt worden wäre, hätte sie nicht gekniffen." Genau das hätte Carol auch gern gewußt, deshalb hatte sie die Verwirrung bei Debras Abgang benutzt und war nach vorn gegangen, um einen Blick auf den Fragebogen zu werfen, den Leota der Testerin gegeben hatte, doch die Agentin war ihr zuvorgekommen, hatte den Bogen geschnappt, zusammengefaltet und in ihrer Jackentasche verschwinden lassen.

„Ich werde später mit Ihnen reden", hatte sie Carol zugeflüstert, so daß niemand es hören konnte.

Ihren vertraulichen Ton noch im Ohr, sah Carol sich um, ob sie Leota irgendwo im Speisesaal entdeckte. Ihr wurde bewußt, daß der Schotte neben ihr ebenso klang, als er ihr zuflüsterte: „Ich weiß eine Menge über Debra, und nicht nur Gutes. Sie und Magic Mike sind ein tolles Team – aber sie schneiden die Kurven, beugen das Gesetz, und ein paar Leichen pflastern ihren Weg. Sogar in Edinburgh habe ich die Gerüchte gehört."

„Was gehört?"

„Sie fassen Informanten mit Samthandschuhen an – bei der Drogenfahndung ist das normal –, aber seit Jahren wird gemunkelt, daß es der Gesundheit nicht zuträglich ist, ihnen in die Quere zu kommen, wenn man es auf jemanden abgesehen hat."

„Wissen Sie etwas Spezielles?"

Ian Forteys schüttelte den Kopf. „Nichts Hieb- und Stichfestes." Er grinste maliziös. „Bei denen gebe ich auf, die sind teflonbeschichtet, jedenfalls bisher."

„Ich habe das dumpfe Gefühl, bei Ihnen läuft etwas Persönliches“, sagte Carol.

Sein blasses Gesicht errötete noch mehr. „Sie haben das Gefühl, ja?“

„Das ist mein Eindruck.“ Sie wartete und blickte ihm direkt in die Augen.

Er sah zur Seite. „Debra und ich hatten früher mal was. Als junge Assistenten waren wir in London zusammen, doch dann bin ich nach Schottland zurück, und sie blieb, wo sie war. Es hatte damals keine besondere Bewandtnis und heute auch nicht.“

Er rieb sich die Stirn. „Sie hat gesehen, wie Mike vorankam, und ihre Karriere mit seiner verknüpft, das hat sich ausgezahlt.“

Sein Ton war bewußt neutral, trotzdem nahm Carol darunter einen Anflug von Bitterkeit wahr. Sie fragte: „Und was ist das für eine Verbindung zu Sir Richard Rackham?“

„Rackham war ein großer Drogenbekämpfer. Hatte eine tolle PR. Erzwang Fragestunden im Parlament, organisierte Keine-Macht-den-Drogen-Kampagnen – was auch immer, er war da, solange die Presse auftauchte, sowieso. Und natürlich lernte er alle Polizisten auf der Straße kennen.“

Forteys hielt inne. „Sie merken, Carol“, sagte er dann, „wie leicht es ist, von Rackham in der Vergangenheitsform zu reden?“

„Sie glauben, daß er tot ist?“

„Ich weiß, daß er’s ist“, antwortete Forteys.

7

Als Carol zum Nachmittagsunterricht gehen wollte, holte Leota Woolfe sie ein. „Kommen Sie mit mir."

Ian Forteys, der hinter ihnen ging, stichelte: „Kommen Sie bloß nicht zu spät. Agent Vertelle läßt Sie sonst in der Ecke stehen."

Carol grinste Leota an. „Sie bringen mich in die Bredouille", sagte sie. „Agent Vertelle hat mich bereits auf dem Kieker."

„Ich werde Ihnen eine Entschuldigung schreiben."

Leota führte Carol in ein anonymes Büro, das nur mit Schreibtisch und Aktenschrank möbliert war. Sie schloß die Tür und erklärte: „Aus Ihrem intensiven Gespräch mit Forteys beim Mittagessen schließe ich, daß Sie bereits hinter die Verbindung zwischen Debra Caulfield und Sir Richard Rackham gekommen sind."

„Werden wir observiert?"

Leota grinste über Carols Verärgerung. „Konnte den Blick nicht von Ihnen lassen", sagte sie.

„Tatsächlich?" Carol verzog keine Miene, sie fragte sich, ob dies ihre Art Humor war oder ob die Agentin tatsächlich mit ihr flirtete.

„Tatsächlich. Und außerdem interessierte mich das Gespräch zwischen Caulfield und Yench."

„Mich überrascht, daß Sie kein Richtmikrofon installiert haben, um sämtliche Gespräche abzuhören", erwiderte Carol trocken.

„Leider haben wir das nicht", sagte Leota mit hörbarem Bedauern.

Carol runzelte die Stirn. „Soll ich irgendwen aushorchen? Ich habe so das Gefühl."

„Nicht unbedingt. Ich hätte nur gern, wenn Sie Augen und Ohren offenhalten."

„Woraufhin?" Sie verhehlte ihre Ungeduld nicht.

„Ich will Sie ins Bild setzen."

„Das wäre nett."

Wieder grinste Leota über Carols ironischen Ton, dann wurde sie ernst. „Als Rackham verschwand, wurde das FBI hinzugezogen, weil man von einer Entführung ausging. Er hatte Anzeige erstattet, daß er in London verfolgt würde. Bei seiner Ankunft in Washington haben wir mit seinen Leuten zusammengearbeitet und sein Hotelzimmer untersucht, um sicherzugehen, daß es keine Schwachstelle bei den Sicherheitsmaßnahmen gibt."

„Aber offensichtlich *gab* es eine Schwachstelle."

„Nicht unbedingt. Es sieht aus, als sei Sir Richard seinem Bodyguard absichtlich entschlüpft."

Carol dachte an Michele Rackhams kritische Haltung ihrem Mann gegenüber. „Warum steht Michele Rackham in Verdacht, Drahtzieherin des Verschwindens zu sein?"

„Drahtzieherin ist wohl übertrieben, aber es hat den Anschein, als hätte sie den Bodyguard ihres Mannes bewußt abgelenkt, um ihrem Mann Gelegenheit zu geben, sich zu verdrücken."

Das erschien Carol nicht ausreichend, um soviel Aufmerksamkeit des FBI zu erregen. „Und deshalb hat sie einen exklusiven Promianwalt beauftragt, ihre Interessen wahrzunehmen?“

„Es ist gut möglich, daß Michele Rackhams Interessen auf etwas viel Ernsteres hinauslaufen. Was wissen Sie über Sir Richard?“

„Mehr als mir lieb ist“, antwortete Carol zugeknöpft, „aber wie ich sehe, haben Sie vor, mich noch weiter aufzuklären.“

„Hat Forteys Ihnen gesagt, daß Rackham sich in England in der Drogenbekämpfung sehr engagiert hat?“ Als Carol nickte, fuhr Leota fort: „Tatsache ist, daß er seine politische Karriere auf dem Kampf gegen illegale Drogen aufgebaut hat.“

„Jetzt sagen Sie bloß nicht“, sagte Carol, die etliche Heuchler hinter Gitter gebracht hatte, die sich genau gegen jenes Verbrechen wandten, das sie selbst verübten, „daß Rackham in den Drogenhandel involviert ist. Ja?“

„Ecstasy“, antwortete Leota. „Haben Sie's je versucht?“

„Nein.“

„Das sollten Sie vielleicht“, sagte Leota mit seltsamem Blick.

Karfer klopfte auf den freien Stuhl neben sich. „Hier“, zischte er. Agent Vertelle starrte Carol von seinem Pult an, während sie sich setzte. „Wie reizend, daß Sie uns beehren“, sagte er sarkastisch. „Wir sprechen gerade über die neuesten Verhörmethoden. Sie werden sich informieren müssen.“

„Wo sind Sie gewesen?“ wollte Peter Karfer wissen, sobald Vertelle in seinem Lehrstoff fortfuhr.

„Ich habe mich nur verspätet, Peter.“

Neugierig starrte er sie an. „Das hat was mit Deb zu tun, stimmt's?“

„Reden wir später weiter“, sagte sie, um ihn zum Schweigen zu bringen.

Er nickte zufrieden. „In Ordnung.“

Carol hatte nicht die Absicht, sich mit Karfer zu unterhalten, doch in der Kaffeepause rückte er ihr auf die Pelle. Er deutete auf Debra und Mike, die schweigend beieinanderstanden. Debra wirkte erschöpft und Yench verärgert. „Irgendwas ist los. Ich habe versucht, mit Mike und Deb zu reden, aber sie haben mich abgewimmelt.“

Carol trank einen Schluck Kaffee. Der war nicht übel, wie sie zugeben mußte. In Wahrheit war er entschieden besser als der schwarze Teer, den sie täglich im Büro trank. Plötzlich sah sie es vor sich, hörte die Telefone läuten, das Stimmengewirr, spürte dieses Gefühl, daß immerfort etwas passierte. Natürlich würde alles auch ohne sie weitergehen. Menschen würden umgebracht, Zeugen vernommen, Verdächtige verhört, die Wahrheit hinter all den Details hoffentlich ans Licht gebracht. Plötzlich verspürte sie einen Stich vor Heimweh, wünschte dort zu sein, sich mit Mark Bourke zu beraten, mit fast mütterlichem Stolz die berufliche Entwicklung von Anne Newsome zu beobachten... Sie merkte, daß Peter Karfer sich über irgend etwas ausließ. „Wie bitte?“ fragte sie.

„Rackham – der Name, bei dem Debra heute morgen ausgeflippt ist. Ich nehme an, Sie wissen, wer das ist.“

„Dieser britische Politiker, der verschwunden ist", antwortete Carol achselzuckend.

Karfer seufzte. „Kommen Sie schon, Carol. Irgendwas geht hier vor, und Sie wissen es, seien Sie ein guter Kumpel und erzählen Sie mir alles."

„Was erzählen?" Mike Yench hatte sich in voller Größe aufgebaut. Wie körperlich einschüchternd, dachte Carol, nicht nur wegen seiner massigen Größe, auch weil er so dicht vor ihnen stand. Sie rührte sich nicht, aber Karfer trat einen Schritt zurück.

„Wir reden über den Kurs heute morgen", erklärte sie.

Yench grunzte, dann sagte er zu Karfer: „Hol mir doch mal einen Kaffee, ja, Pete? Schwarz, zwei Stücke Zucker."

Karfer zögerte, dann fügte er sich errötend. Yench starrte ihm nach und fragte Carol: „Schon Pläne fürs Wochenende?"

Verblüfft starrte Carol ihn an. „Was?"

„Das Wochenende", wiederholte er entschlossen. „Hier muß doch irgendwas los sein – ich meine nicht in Quantico. Nur Sie und ich, wir könnten vielleicht nach Washington fahren. Uns ins Nachtleben stürzen."

„Besten Dank, aber ich glaube nicht."

Sein Lächeln verschwand. „Ich hab' mir gedacht, wir könnten ein bißchen Spaß miteinander haben."

Carol verkniff sich mit Mühe ein Grinsen und sagte ernst: „Es ist nett, daß Sie an mich gedacht haben, aber: nein, vielen Dank."

Yench zog die Augen zusammen und drehte sich wortlos um.

Als Carol sich noch einen Kaffee holen wollte, sah sie

Debra Caulfield in intensivem Gespräch mit Ian Forteys. Das Gesicht des Schotten war gerötet, seine Hand lag in einer fast besitzergreifenden Geste auf Debras Arm. Während Carol an ihnen vorbeiging, hörte sie Ian zischen: „Das Miststück schnapp' ich mir!"

„Nein, laß das. Du machst es nur noch schlimmer", entgegnete Debra hastig.

Aufgrund der Bitte Leotas, möglichst die Ohren offenzuhalten, lungerte Carol in der Nähe der beiden herum in der Hoffnung, noch etwas aufzuschnappen, doch da belegte sie die stets gutgelaunte Nikki Lee mit Beschlag.

„Carol", sagte sie in ihrer für eine Asiatin ziemlich unpassenden englischen Aussprache, „wenn Sie sich Ihren Stundenplan angesehen haben, wissen Sie ja, daß wir morgen nichttödliche Waffen kennenlernen sollen und jede eine Partnerin braucht. Ich habe Sie auserkoren." Sie legte den Kopf schief. „Nun? Fühlen Sie sich geehrt?"

Es war unmöglich, Nikki nicht zu mögen. Lächelnd antwortete Carol: „Ich fühle mich geehrt. Sehr sogar."

„Gut. Ich dachte, ich rette Sie vor Mike Yench. Ich war sicher, er würde Sie zur Partnerin wählen, wenn er die Gelegenheit hätte." Ihre dunklen Augen blickten sie forschend an. „Ich hoffe, Sie wollten gerettet werden."

„Ich muß zwar nicht gerettet werden, trotzdem vielen Dank."

Sie sah Nikki nachdenklich an, bestimmt war sie leicht zu unterschätzen. Carol fragte sich, ob unter ihrer fröhlichen Art womöglich ein größeres Kaliber steckte.

***

Nach dem letzten Kurs dieses Tages zog sich Carol ihre Daunenjacke über und begab sich in die Bibliothek, für die, ihrer Orientierungsmappe in tadellosem FBI-Sprech zufolge, das Informations- und Archivbüro zuständig war. Das quadratische, flache, schmucklose Gebäude war von außen mit Betonpfeilern und Glas verkleidet. Carol wußte, dies war weltweit eine der umfassendsten rechtswissenschaftlichen Bibliotheken, in der neben den obligaten Online-Recherchemöglichkeiten audiovisuelles Material, Gesetzestexte, Regierungsdokumente und Periodika zur Verfügung standen und fortlaufend aktualisiert wurden.

In der Bibliothek empfing sie angenehm warme Stille, problemlos fand sie die neuesten Informationen über Ecstasy. Was es in Australien mit dieser Droge auf sich hatte, wußte Carol, was sie jetzt interessierte, waren Produktion und Vertrieb in England und den Vereinigten Staaten.

Ecstasy war eine synthetische Droge, die 1912 zum erstenmal hergestellt, aber weitgehend ignoriert worden war, bis sie in den siebziger Jahren im therapeutischen Setting verwendet wurde. Bis Mitte der achtziger Jahre war ihr Gebrauch legal gewesen, dann verbot das amerikanische Aufsichtsamt dieses Mittel, weil Studien nachgewiesen hatten, daß es zu Gehirnschäden führen könnte.

Anfangs war Ecstasy oder E als Clubdroge auf eine kleine Elite begrenzt gewesen, hatte sich dann aber explosionsartig verbreitet und war mittlerweile, vor allem unter jungen Leuten, außerordentlich beliebt. Die Droge war sowohl mit Amphetaminen als auch mit Mescalin verwandt, der chemische Name lautete: Methylendioxymethamphetamin, gnädigerweise abgekürzt zu MDMA.

Viele nannten sie Liebesdroge, weil sie euphorische und empathische Gefühle hervorrief, sie war, wie Carol klar wurde, eine fast ideale Substanz zur Vermarktung. E war preiswert und leicht herzustellen, wurde in Tablettenform produziert und vertrieben – manche Hersteller benutzten sogar individuelle Farben, Formen und Prägungen, um ihre Tabletten zu identifizieren –, man brauchte weder Nadel noch andere Objekte.

Und im Gegensatz zu Heroin oder Kokain stand Ecstasy im Ruf, ein harmloser Spaß zu sein, wenngleich es oft mit Substanzen verschnitten wurde, die nachteilige Nebenwirkungen haben konnten. Eines der größten Produktionsgebiete für MDMA war eine ländliche Gegend nahe der holländisch-belgischen Grenze, nicht weit vom Brüsseler Flughafen. Das Organisierte Verbrechen, von Riesenprofiten angelockt, hatte inzwischen seine Finger darin und sorgte für ein weltweites Händlernetz. Jüngsten Zahlen zufolge floß E offensichtlich in immer größerem Ausmaß nach England wie in die USA.

Carol lehnte sich zurück und dachte über das nach, was sie gelesen hatte. Wenn Sir Rackham in den Handel mit Ecstasy verwickelt war, hätte er es mit massenhaft Geld zu tun gehabt. Eine amerikanische Studie stellte fest, daß eine einzelne Tablette, deren Herstellung rund zehn Cents kostete, sich auf den Straßen von New York für dreißig Dollar verkaufen ließ. Hundert Pfund Ecstasy konnten etwa dreißig Millionen Dollar einbringen. Die für London geltenden Preise waren entsprechend.

Leota hatte Carol mitgeteilt, daß verdeckte Ermittlungen von Scotland Yard unter dem Decknamen *Operation*

Soda belastendes Beweismaterial gegen Rackham zusammengetragen hatten und seine Verhaftung nur deshalb hinausgezögert worden war, um mehr Informationen über seine Komplizen zu erhalten. Carol hatte gefragt, ob Debra Caulfield oder Mike Yench daran beteiligt waren, und erfahren, daß die beiden bisher lediglich verdächtigt wurden, aber keine stichhaltigen Beweise vorlägen.

Carol schob ihren Stuhl zurück. Die gewaltigen Geldsummen, die der illegale Drogenhandel mit sich brachte, waren ein Anziehungspunkt für das Organisierte Verbrechen, und Gewalt war eine Alltäglichkeit. Vielleicht war Sir Richard Rackham tot. Vielleicht hatte er auch den Atem seiner Verfolger im Nacken gespürt und sich mit einer neuen Identität irgendwo in Sicherheit gebracht, in Brasilien z.B., wo es kein Auslieferungsabkommen gab.

Sie starrte aus dem Fenster in die Bäume, die ein schneidender Wind peitschte. Falls Rackham in Brasilien war, hätte er es zumindest warm.

Einen Teil des Rückwegs zum Wohngebäude schützte Carol ein überdachter Wandelgang, doch dann mußte sie in der Dämmerung gegen den eisigen Wind angehen. Die Hände in den Taschen vergraben, denn blöderweise hatte sie ihre Handschuhe vergessen, hatte sie fast das Haus erreicht, als jemand so unvermittelt neben ihr auftauchte, daß ihr das Herz im Hals klopfte.

„Können wir reden?“ fragte Debra Caulfield.

Carol nickte. „Aber drinnen. Es ist verdammt kalt hier draußen.“

Im Parterre fanden sie eine stille Ecke in einem Aufenthaltsraum, in dem leise der Fernseher lief und seine

Bilder vor leeren Sesseln abspielte. Carol schlüpfte aus ihrer Jacke und setzte sich.

„Was ist los?“ fragte sie.

Debra sah sie eine Weile an. „Ich habe Sie mit Leota zusammen gesehen. Ich wüßte gern, was sie Ihnen über mich erzählt hat... und über Mike.“

„Wir haben über Sir Rackham gesprochen.“ Carol beobachtete sie genau, doch Debra verzog keine Miene. Carol beugte sich vor. „Warum haben Sie heute morgen die Polygraphsitzung verlassen?“

Ein kleines Lächeln umspielte Debras Mundwinkel. „Verlassen?“ fragte sie in ihrem gestelzten Englisch. „Ich dachte eher, ich sei hinausgestürmt.“

„Naja, auch das“, sagte Carol. „Sie haben Agent Vertelle ganz schön irritiert, was ja nur gut sein kann.“

Debra grinste. „Er ist ein tödlicher Langweiler.“ Und ernst fügte sie hinzu: „Man will mich reinlegen und zu Fall bringen. Das war's, was heute morgen geschehen ist.“

Carol lehnte sich im Sessel zurück und betrachtete Debra nachdenklich. „Sir Richard scheint mit illegalen Drogen gehandelt zu haben“, sagte sie. „Sind Sie darin involviert?“

Debra schüttelte den Kopf. „Sie sind direkt. Das muß ich Ihnen lassen.“

„Bekomme ich eine direkte Antwort?“

„Wir waren hinter der Sache her – ich und Mike. England wurde vom Festland mit Ecstasy überschwemmt, riesige Schiffsladungen wurden über ein neues Netzwerk hereingeschmuggelt. Als wir das Gerücht hörten, Sir Rackham sei darin verwickelt, habe ich es nicht geglaubt, ich dachte, man wolle ihn in den Dreck ziehen, um ihm politisch zu schaden."

„Was hat Ihre Meinung geändert?"

Debra spreizte die Finger. „Sie wissen ja, wie das ist – es gab zu viele Ungereimtheiten, zu viele Spuren, die in seine Richtung führten. Ich ging zu Mike Yench und sagte ihm, daß ich glaubte, Rackham habe die Seiten gewechselt: daß er sich an den Drogen bereicherte, während er sie öffentlich bekämpfte." Sie hielt inne und starrte auf ihre Hände.

„Was geschah dann?" drängte Carol.

„Er ist mein Vorgesetzter." Sie zog die Schultern hoch. „Er sagte, ich solle den Mund halten, alles sei unter Kontrolle, daß es einen internationalen Ansatz gebe und das FBI und das amerikanische Amt für Drogenkriminalität involviert seien."

„Und?"

Debra lächelte spöttisch. „Ich habe auf ihn gehört, blöd wie ich war. Jetzt sieht es so aus, als würde ich verdächtigt, mit Rackham gemeinsame Sache zu machen und ihm den Tip gegeben zu haben, daß Scotland Yard hinter ihm her sei."

Carol runzelte die Stirn. „Aber Hauptkommissar Yench –"

„O ja", fiel ihr Debra ins Wort. „Mike sagt, daß er mich unterstützt, daß er weiß, daß das nicht stimmt, doch langsam glaube ich, daß er gewillt ist, mich hängen zu lassen und zum Sündenbock zu machen, während er unbeschadet davonkommt."

***

Carol erhielt einen Anruf von Jill, die ihr sagte, daß sie und Hal am Wochenende in Washington seien, deshalb verspätete sie sich zum Abendessen. Als sie das Wohngebäude verließ und in die Kälte hinaustrat, packte jemand ihren Ellbogen. „Ich möchte mit Ihnen reden", sagte Mike Yench.

Er schob sie um die Ecke, außer Sichtweite möglicher Passanten. Carol riß sich von ihm los. „Was soll das, Mike?"

„Es ist gefährlich, zu viele Fragen zu stellen." Er beugte sich über sie, und sie konnte seine Alkoholfahne riechen. „Das ist als freundliche Warnung gemeint."

Carol versuchte, an ihm vorbeizuschlüpfen, doch er versperrte ihr den Weg, ein wenig taumelnd, so daß sie merkte, wie betrunken er war.

„Sie sind eine verdammt hübsche Frau, aber das muß ich Ihnen ja nicht erst sagen, nicht wahr?"

„Soll ich jetzt etwa antworten, daß Sie auch nicht schlecht aussehen?" fragte Carol salopp.

Er trat näher, legte ihr die Hand auf die Schulter und beugte den Kopf vor ihr Gesicht. „Seien Sie lieber etwas freundlicher zu mir."

„Nein, danke." Sie schüttelte seine Hand ab. „Sie wissen wohl nicht, daß ich –"

„Lesbisch bin? Klar weiß ich das, aber das stört mich nicht. Das macht es nur besser, glauben Sie mir."

„Sie vergeuden Ihre Zeit."

Er grinste lüstern. „Dann vergeude ich halt meine Zeit, und ich glaube, daß Sie nur noch nicht den richtigen Mann kennengelernt haben."

„Ach Gott, nee!“

Carols verächtlicher Ausruf trieb ihm die Röte ins Gesicht. Zornig stieß er sie, so daß ihr Kopf gegen die Wand knallte. „Hör zu, du Schlampe –“

„Lassen Sie mich gehen“, unterbrach sie ihn kühl.

„Ich denke nicht dran!“

Außer sich vor Zorn verlagerte Carol ihr Gewicht auf das linke Bein und hob den rechten Fuß auf Kniehöhe. Seine Kniescheibe traf ein gemeiner rascher Tritt. Ihm entfuhr ein leiser Schmerzensschrei, und sie trat noch einmal mit dem Rist gegen sein Schienbein. Er versuchte, ihren Fuß zu packen, doch sie war bereits zurückgesprungen.

Ohne ein Wort an ihn zu verschwenden, joggte sie davon. Rennen ließ ihr Stolz nicht zu, wiederholt wandte sie den Kopf, um zu sehen, ob Yench außer Gefecht war. Noch immer hatte sie sein schmerzverzerrtes Gesicht vor sich, als er sich ans Knie griff.

Im Speisesaal war es voll und laut, als Carol eintrat. Sie bebte innerlich, nicht so sehr vor Kälte, eher lag es am Adrenalin, das in ihr hochschoß. Sie sah über ihre Schulter und erwartete halb, Mike Yench hinter ihr hereinhinken zu sehen, aber er ließ sich nicht blicken. Sie stellte sich am Ende der Schlange an der Essensausgabe an, atmete tief durch, um sich zu beruhigen, und blickte sich nach einem freien Tisch um, denn sie hatte keine Lust, mit irgendwelchen Bekannten schwatzen zu müssen.

„Sind Sie okay?“ fragte Ian Forteys, der sich hinter ihr anstellte.

Sie drehte sich nach ihm um. „Aber sicher.“

„Sie sehen ein bißchen gestreßt aus." Er grinste. „Muß an dieser Lernerei liegen, hm?"

Mit Blick auf die Tür antwortete sie: „Muß wohl." Sie glaubte eigentlich nicht, daß Mike Yench hier vor allen anderen im Speisesaal eine Szene machen würde, aber in seinem betrunkenen Zustand war das durchaus möglich.

Ian Forteys folgte ihrem Blick. „Erwarten Sie jemand?"

Sie starrte ihn an. „Sie stellen eine Menge Fragen, Ian."

„Zwei", antwortete er, „mehr waren es nicht, aber ich kann ja noch eine stellen. Wieviel Einfluß haben Sie auf Leota Woolfe?"

„Einfluß? Keinen."

„Ach, kommen Sie schon, Carol, ich hab' Sie beide zusammen reden sehen. Es ist offensichtlich, daß Sie sie gut kennen."

„Ich bin ihr ein paarmal begegnet. Das ist alles."

Er winkte ungeduldig ab. „Hat Debra mit Ihnen gesprochen? Sie hat mir gesagt, daß sie's wollte." Als Carol nickte, fuhr er fort: „Man will sie fertigmachen, ich weiß es. Sie soll der Sündenbock sein, und Yench wird blütenweiß dastehen."

Carol zog die Brauen hoch. „Dies ist wohl ein unerschöpfliches Thema für Sie, was? Gestern haben Sie mir gesagt, die beiden wären Gauner. Heute ist er der Schurke und sie das Unschuldslamm. Wieso der Gesinnungswandel?"

„Ich habe mit Debra gesprochen."

„Sie muß ja sehr überzeugend sein."

Zornesröte überzog Forteys bleiches Gesicht. „Sie und Yench sind hierher auf die Akademie geschickt worden, sie haben sich nicht aus freien Stücken für diesen Lehrgang beworben. Wußten Sie das?"

„Debra hat es mir gestern abend gesagt."

Ein Tablett balancierend, hielt Nikki bei ihnen an. „He, Sie beide, wir haben einen Tisch in der Ecke ergattert." Sie deutete mit dem Kopf zu Debra, Lars, Karfer und dem einzigen Neuseeländer im Kurs, einen Mann mit sanfter Stimme und der Statur eines Ringers. „Wir warten auf Sie."

Forteys blickte ihr nach und sagte: „Nikki Lee ist ziemlich dicke mit dem FBI. Sie war undercover in Hongkong und hat gegen chinesische Triaden ermittelt, die sich in Kalifornien breitmachen. Sie ist rücksichtslos – würde sogar ihre Mutter ans Messer liefern, wenn sie dadurch Lorbeeren erntet." Er tippte sich an den Nasenflügel. „Unter uns gesagt – erzählen Sie Nikki nichts, was das FBI nicht erfahren soll."

„Ich habe keine Geheimnisse", entgegnete Carol.

„Da hab' ich was anderes gehört", sagte er verklemmt lächelnd.

„Sie scheinen ja eine Menge zu hören." Carol verspürte einen Anflug von Irritation.

„Das bringt das Kripodasein so mit sich." Sein flapsiger Ton verschwand, als er fortfuhr: „Was Debra betrifft – mir wäre daran gelegen, wenn Sie irgendwas rauskriegen können, und sei es noch so wenig. Sie kann sich auf nichts verlassen, was Yench sagt, weil er vorhat, sie den Wölfen vorzuwerfen. Sie hat versucht, Freunde bei Scotland Yard anzurufen, aber das hat nichts gebracht."

„Ich will tun, was ich kann." Als Carol das sagte, wurde ihr bewußt, daß sie es nicht sagte, um Ian Forteys vom Hals zu bekommen, sondern daß sie es tatsächlich meinte. Debra Caulfield war im Gespräch mit ihr recht überzeugend gewesen und in Carols Achtung um einiges gestiegen. Vielleicht war, wie Carol zugeben mußte, ihre Meinung dadurch beeinflußt, daß Mike Yench so ein ungehobeltes Arschloch war. Aber es schien durchaus möglich, daß Debra von Yench reingelegt wurde, um die Aufmerksamkeit – bestenfalls – von den eigenen Fehlern abzulenken oder – schlimmstenfalls – vom eigenen kriminellen Verhalten.

8

Mike Yench tauchte nicht zum Abendessen auf, und Carol, die nach ihm Ausschau hielt, sah ihn an diesem Abend auch sonst nicht mehr. Sie fragte sich, ob irgend jemand das Scharmützel gesehen oder ob Yench irgendwem davon erzählt hatte. Aber nichts deutete darauf hin, daß andere von dem Zwischenfall wußten.

Ohne das geringste Schuldgefühl überlegte sie, ob sie ihm womöglich die Kniescheibe gebrochen hatte. Wenn ja, würde er ärztliche Behandlung brauchen. Vielleicht war er dort, wo sie ihn verlassen hatte, kollabiert.

Sie rief sich die Szene ins Gedächtnis: Er hatte sich vornübergebeugt, sein Gesicht war völlig verzerrt vor Wut. Nein, sie war sich sicher, daß er noch hatte laufen können, wenn auch mit erheblichen Schwierigkeiten, wie sie hoffte.

Der Kursus über die neuesten Entwicklungen tödlicher und nichttödlicher Waffen sollte über mehrere Tage gehen, und Vertelle hatte sie zu einem kurzen Einführungsvideo nach dem Abendessen zusammengerufen.

Carol erschien ziemlich früh und beobachtete, wie die anderen hereinkamen, niemand sah begeistert aus, außer der stets gutgelaunten Nikki und Karfer, der sich für einen Experten im Umgang mit den Volksmassen hielt und allen, die es hören wollten, von den neuesten Methoden zur Unschädlichmachung von Randalierern erzählte.

„Schaum aus einer Leimkanone", erklärte er. „Hört sich total irre an, aber es funktioniert. Die Krawallmacher werden praktisch festgeklebt, können nicht mehr laufen, sich nicht mehr fortbewegen, und alles, was sie anrühren, klebt fest an ihnen. Da lacht ihr, was?"

Carol sah Debra hereinkommen. Kurz darauf folgte Ian Forteys, der ganz grau im Gesicht war. Da sie sich nicht zusammensetzten, wollte Carol gerade zum freien Stuhl neben Debra gehen, als eine vierschrötige Frau, die Carol noch nicht gesehen hatte, sich auf diesen Platz setzte und mit Debra eine Unterhaltung begann.

„Sind wir vollzählig?" fragte Agent Vertelle näselnd. Er hakte die Namen ab und schnalzte mißbilligend mit der Zunge, als drei von zwölf fehlten. „Sukani, Harris und Yench – wo sind sie?"

„Sukani bekam einen Anruf von den Philippinen", erklärte jemand. „Er kommt sobald wie möglich."

„Sie kommen zu spät, Harris", bellte Vertelle, als der Kanadier in der Tür erschien. „Also, wo steckt Yench?"

Als niemand antwortete, warf er seinen Schnellhefter aufs Pult. „Dann beginnen wir ohne ihn."

Nur halb interessiert verfolgte Carol, wie auf dem Video einige nichttödliche Waffen gezeigt wurden. Zuerst Pfefferbälle, die – aus einiger Entfernung abgeschossen – zu Blendtropfen zerbarsten; ein ähnliches Produkt verbreitete einen Gestank, der kampfunfähig machte; dann wurde der Schaum gezeigt, von dem Karfer gesprochen hatte, der die Leute mit einer klebrigen Substanz überzog, die bewegungsunfähig machte. Die darauf folgenden Waffen waren sehr viel beunruhigender, viele davon hatte das Pentagon ursprünglich zu militärischen Zwecken entwickelt, inzwischen aber wurde ihre allgemeine Verwendung bei der Polizei geprüft. Darunter gab es akustische Geräte, deren Schallwellen zu Übelkeit und Schwindelanfällen führten; Wirbelwaffen, mit denen man unsichtbare Schockwellen verschießen konnte; Mikrowellenkanonen, die die Gehirn- und Herzfunktionen beeinträchtigten. Jede dieser Methoden konnte, bei ausreichend intensiver Anwendung, töten.

„Kreativer als Kugeln", bemerkte Nikki anerkennend, nachdem das Video zu Ende war, und beugte sich auf ihrem Platz hinter Carol vor. „Ich kann mir einige vortreffliche Demonstrationsobjekte vorstellen, wenn wir morgen zur praktischen Anwendung kommen."

„Zum Beispiel?"

„Zum Beispiel Mike Yench." Nikkis Ton klang ätzend. „Er hat mir einen unsittlichen Antrag gemacht, würden Sie das glauben? So ein Flegel. Ich habe ihm die Tür gewiesen."

Carol drehte sich um und sah Nikki an. „Wann war das?"

„Gleich nach dem letzten Kurs." Mit tiefer Stimme äffte sie Yench nach: „Ich liebe asiatische Frauen, sie haben so etwas Gewisses." Dann fügte sie in ihrer eigenen Tonlage hinzu: „Dieser Kretin."

„Was für ein Schlag", sagte Carol sarkastisch, „da war ich ja nur zweite Wahl. Mike Yench hat mich vor dem Essen angemacht."

„Das war wohl die Härte."

„Ja, für ihn."

Als Carol erzählte, was passiert war, bog sich Nikki vor Lachen. „Da wäre ich gern dabeigewesen."

„Zahlen Sie's mal wieder den Männern heim, Carol?" fragte Peter Karfer lächelnd mit bissigem Unterton.

Nikki versetzte ihm einen Klaps auf den Arm. „Nur denen, die es verdient haben. Haben Sie Mike Yench gesehen? Wahrscheinlich hinkt er ein bißchen."

„Leute?" Agent Vertelles Stimme übertönte die Unterhaltung. Er klopfte einige Male auf sein Pult, und der Geräuschpegel fiel. „Ich möchte Ihnen Agentin Nancy Pyke vorstellen. Sie wird morgen bei der praktischen Anwendung dabei sein."

Die vierschrötige Frau, die neben Debra gesessen hatte, trat neben Vertelle. Sie musterte die Anwesenden mit basiliskem Starren. „Guten Abend", sagte sie barsch.

„Mir gefallen ihre Augen nicht", bemerkte Karfer.

„Augen können täuschen", sagte Nikki. „Bei Ihnen zum Beispiel, Pete, Ihre sehen so nett aus."

Leota erwartete Carol beim Verlassen des Raums. „Wie wär's mit 'nem Kaffee?"

„Fein."

Während sie die Fläche zwischen den Gebäuden überquerten, ohne den Umweg über den gepflasterten Weg, überlegte Carol, ob sie Leota von ihrer gelungenen Selbstverteidigung gegen den zudringlichen Yench erzählen sollte. Sie entschied sich dagegen, ihr war nicht klar, warum, und bemerkte: „Heute abend ist es gar nicht so kalt."

Leota blickte in den sternenklaren Himmel. „Das kommt noch, später – es gibt keine Wolkendecke." Nach ein paar Schritten legte sie Carol die Hand auf die Schulter. „Ein richtiges Kuschelwetter."

Carol wandte den Kopf und sah Leota ins Gesicht. Wie weiß die Zähne in dem dunklen Teint funkeln, dachte sie und merkte, daß sie überlegte, wie es wäre, diesen lächelnden Mund zu küssen. „Machen Sie mich an?" fragte sie.

„Na klar. Ist das ein Problem?"

„Ich weiß nicht genau. Vielleicht ja."

Leota nahm die Hand von Carols Schulter. „Ich verstehe nicht, warum, es sei denn, Sie sind bereits anderweitig gebunden, und das sind Sie nicht, stimmt's?"

„Das klingt ja, als hätten Sie Nachforschungen über mich angestellt."

„Wenn dem so ist, dann nur, um mir die Peinlichkeit einer direkten Abfuhr zu ersparen." Leota gluckste, und es klang wie ein warmes Streicheln in der Dunkelheit. „Das heißt, wenn Sie denn so dumm wären."

Schweigend gingen sie weiter, bis Leota fragte: „Nun, was sagen Sie?"

„Ich denke darüber nach."

Leota trat in das immergrüne Gebüsch. „Komm her, ich gebe dir eine Entscheidungshilfe."

Carol grinste. „Als nächstes wirst du mich auffordern, auf den Rücksitz deines Wagens zu steigen."

„Das werde ich, wenn das hier nicht klappt."

Zum Teufel, dachte Carol, *warum eigentlich nicht?*

Sie waren fast gleich groß. Leota zog Carols Jackenreißverschluß auf, schob die Hände darunter und umschlang sie. „Bereit?"

„Hoffentlich lohnt sich das Ganze", antwortete Carol.

„Das wird es, aber du kannst mich benoten, wenn du willst", murmelte Leota an Carols Mund.

Der erste Kuß, fuhr es Carol durch den Kopf, *wie viele hat es in meinem Leben schon gegeben?* Unwillkürlich zögerte sie und nahm den Kopf zurück, aber Leota ließ nicht los. „Carol, fopp mich nicht."

Wie unerwartet – dieser lange tiefe Kuß war betörend. Carol war zu unkomplizierter Leidenschaft bereit, ohne irgendwelche Bindungen, doch Leota machte nicht den Anschein, daß sie es eilig hatte, daß die wilde, brennende Leidenschaft sie antrieb. Carol spürte die Hitze in sich aufsteigen, das begehrende Pochen. „He", sagte sie und entzog sich Leotas Mund, „langsam geht's bestimmt auch."

Leota küßte ihren Hals. „Ich nehme mir immer Zeit", flüsterte sie. „Und je länger es dauert, desto besser ist es."

Carol verspürte ein Prickeln. „Das glaube ich sogar."

Auf dem gepflasterten Weg näherte sich Geplauder und Lachen. Leota ließ Carol los und trat einen Schritt zurück. „Ich habe mit Hal und Jill gesprochen, die mir gesagt haben, daß du das Wochenende mit ihnen in Washington verbringst, ich habe erklärt, ich würde dich hinfahren." In der Dunkelheit konnte Carol ihren Gesichtsausdruck nicht erkennen, aber ihre Stimme klang warm. „Das ist in drei Tagen. Eine lange Zeit."

Carol spürte, wie sich das Begehren in ihr aufbaute. „Ich kann warten", sagte sie.

9

Wäre das Wetter wie am Vortag gewesen, hätte sich Carol für den Fitnessraum entschieden, doch der Morgen war kalt und klar, ein wolkenloser Himmel versprach einen sonnigen Tag. Sie prüfte, ob ihre Schnürsenkel fest geknotet waren, machte ein paar rasche Streckübungen, die sie meistens vernachlässigte, und setzte sich in Richtung Hogan's Alley in Trab.

Beim Laufen dachte sie an Leota Woolfe. Gern hätte Carol geglaubt, daß es beiderseits nur eine Sache momentaner Anziehung war, konnte sich aber des nagenden Gefühls nicht erwehren, daß die FBI-Agentin vielleicht etwas anderes im Sinn hatte. Als sie an das kommende Wochenende in Washington dachte, schob sie ihre Vorsicht beiseite. Plötzlich überkam sie ein herrliches Gefühl von Freiheit. In einem anderen Land zu sein, eine Fremde, bescherte ihr eine Handlungsfreiheit – beruflich wie privat – nach der Einengung daheim in Sydney, wo sie sich ständig der Beziehungsgeflechte bewußt war.

Sie erreichte Hogan's Alley und lief die Kulissenstraße entlang. Hinter den Fassaden befanden sich Unterrichtsräume, Lager und Wartungsbüros. Hinter dem Trainingsgelände für Täterverfolgung und Personenschutz drehte sie um und lief über die Hauptstraße zurück.

Carol atmete mühelos, und das Geräusch ihrer Füße war wie ein gleichmäßiges Metronom. Sie fühlte sich lebendig, aufgekratzt. Sydney schien sehr weit weg, als wäre es ein ganz anderes Leben, das sie mit allen Sorgen, Rücksichten und Problemen ihres normalen Alltags hinter sich gelassen hatte.

Sie kehrte aus der entgegengesetzten Richtung zum Wohngebäude zurück und sah schon von weitem bei den Bäumen einen Kreis von Leuten, der etwas am Boden umringte. Sofort durchfuhr sie die kalte Gewißheit – es war ein Instinkt jenseits aller Logik –, daß jemand zu Tode gekommen war.

Sie drosselte ihr Tempo und ging auf die Gruppe zu, die sich teilte, so daß sie die mit dem Gesicht nach unten liegende Gestalt sehen konnte, ein Arm war schützend über den Kopf gelegt, die Morgensonne funkelte auf den Metallgliedern einer massiven Armbanduhr.

Carol musterte das kurze rote Haar auf dem Kopf, die massige Gestalt. Obwohl sie vom Gesicht nicht viel sehen konnte, sagte sie ohne zu zögern: „Das ist Mike Yench. Was ist geschehen?"

Ein Gärtner in Overall und roter Fleecejacke antwortete stirnrunzelnd: „Er ist schon seit Stunden tot. Steif wie ein Brett." Er deutete auf die geronnene Blutspur, die aus der Wunde über dem rechten Auge getreten war. „Ich würde sagen, das hat ihn umgebracht." Das Blut war über die Wange gelaufen und unter sein Kinn. Eine weitere Blutspur kam aus Yenchs Ohr.

Hinter Carol wurde gemurmelt, während sie auf die Leiche starrte, dann den Mann musterte, der gesprochen hatte, und jede Einzelheit seines Gesichts mit eigentümlicher Klarheit registrierte. Er hatte sich nur flüchtig rasiert, unter dem Kiefer standen noch graue Bartstoppeln. „Dieser Bereich muß geräumt und abgesperrt werden", ordnete sie an. „Alle sollen zurücktreten, um keine weiteren Spuren zu verwischen."

Widerspruchslos kamen sie ihrer Anordnung nach. Carol besah sich den Boden. Es gab keine Fußabdrücke, und die Erde um die Leiche herum wies keine sichtbaren Spuren auf. Ihr Blick kehrte zu Yench zurück. Sie hatte in ihrem Beruf eine Menge Tote gesehen, doch diesmal war alles anders. Mit einem Schreck wurde ihr klar, daß – falls es sich nicht um einen Unfall handelte – sie selbst als Verdächtige in Frage kommen könnte.

Sie faßte es kaum. Wie oft hatte sie einen Tatort betrachtet und dabei das Gefühl von professioneller Spannung empfunden, vom Genießen einer Herausforderung, von der Zufriedenheit darüber, Hüterin des Gesetzes zu sein? Doch jetzt, außerhalb ihrer vertrauten Welt, hatte sie keine Amtsgewalt. Nicht sie würde die Fragen stellen – sie würde sie beantworten müssen.

Nach dem Frühstück bat Vertelle um Ruhe, und das laute Palaver erstarb. Sein Blick wanderte von einer Person zur anderen, während er ohne Umschweife erklärte: „Wie die meisten von Ihnen offenbar bereits wissen, wurde Hauptkommissar Michael Yench heute morgen tot aufgefunden." Vertelles eckiges Gesicht wirkte extrem ungehalten, als hätte er das von einem Teilnehmer an einem der Kurse, für die er verantwortlich war, niemals erwartet.

Carol registrierte sarkastisch, daß es wohl eines Todesfalls bedurfte, damit Vertelle einen Teilnehmer beim vollen Namen und Dienstgrad nannte.

„Was ist passiert? Wer hat ihn gefunden?“ fragte Nikki Lee entgeistert, ihre sonstige Fröhlichkeit war verschwunden.

„Natürlich wird eine Autopsie erfolgen“, fuhr Vertelle mit kalter Präzision fort, „aber es hat den Anschein, als sei er gestürzt und mit dem Kopf aufgeschlagen, wobei er sich eine fatale Verletzung zuzog. Sein Leichnam wurde heute morgen von einem Gärtner entdeckt, aber womöglich erfolgte der Sturz irgendwann gestern abend.“

„Ein Unfall?“ fragte Ian Forteys. Carol sah, wie sein Blick zu Debra auf der anderen Seite des Raums ging. „Yench hatte getrunken; ich habe seine Fahne gerochen.“

Vertelle verzog die Mundwinkel zu einer Grimasse. „Ich bin überrascht, daß die erste Regel bei der Ermittlung eines Verbrechens offenbar an Ihnen vorübergegangen ist: Nämlich nie voreilige Schlüsse zu ziehen, Forteys.“

Rote Flecken traten auf Forteys bleiches Gesicht, er fragte barsch: „Damit sagen Sie also, daß es Mord sein könnte, nicht wahr?“

Debras Hand fuhr an ihren Mund. Carol hörte, wie hinter ihr jemand nach Luft schnappte. Die verschiedensten Möglichkeiten fielen ihr ein. Mord war immer eine Frage von wer, wie, wann. Und *warum* war oft der Schlüssel zum Geheimnis. Warum sollte sich jemand Mike Yenchs Tod wünschen?

Ein neuer Gedanke tauchte auf – was, wenn ihn jemand auftragsgemäß erledigt hatte? Yench war auf irgendeine Weise in den illegalen Drogenhandel verstrickt, in eine Billionen-Dollar-Industrie mit einem über jede Landesgrenze hinausreichenden globalen Netz. War es so abwegig, sich vorzustellen, daß sein Tod geplant worden war, womöglich ein Geschäftsbeschluß irgendwo außerhalb der Vereinigten Staaten?

Natürlich war das alles eine interessante Überlegung, aber reine Hypothese, und das Szenario, daß Mike Yench in betrunkenem Zustand gestürzt und dabei zu Tode gekommen war, schien sehr viel wahrscheinlicher.

Vertelles schneidende Stimme drang an ihr Ohr: „...eine Untersuchung erfolgen, und Sie alle werden einzeln vernommen." Er klopfte mit dem Schnellhefter auf sein Pult wie einer, der sich einer unerquicklichen Pflicht entledigt hat. „Die praktische Demonstration nicht tödlicher Waffen beginnt pünktlich um zehn. Ich erwarte Sie alle in voller Montur auf dem Übungsgelände."

Carol musterte die Gesichter ihrer Kolleginnen und Kollegen. Debra Caulfied wirkte geistesabwesend, fast gelangweilt, als hätte sie in keiner Beziehung zu Yench gestanden, als wäre sein Abgang für sie ohne große Bedeutung. Im Gegensatz zu ihr war Peter Karfer wie aufgedreht und unterhielt sich mit Sukani und Harris. Ian Forteys saß da und starrte Debra finster an.

Neugierig ging Carol zu ihm hinüber. „Ian? Was halten Sie davon?"

Ihre freundliche Frage rief eine starke Reaktion hervor. „Ich bin froh, daß das Arschloch tot ist", sagte er laut, und sein schottischer Dialekt schlug voll durch. „Und ich hoffe, er ist zur Hölle gefahren, wo er hingehört."

Bei diesen heftigen Worten drehten sich einige nach ihm um. „Womöglich ist es nicht klug, so etwas zu sagen, solange wir nicht wissen, ob es ein Unfall war."

„Natürlich war es ein Unfall." Debras Ton war so kühl wie ihr Gesichtsausdruck. „Mike ist gestern abend in betrunkenem Zustand gestürzt." Angewidert verzog sie das Gesicht. „Mike hatte mehr Whiskeyflaschen in seinem Gepäck als Klamotten."

„Ich habe Mike Yench nie für einen Säufer gehalten", wandte Karfer ein wenig vorwurfsvoll ein. „Wenn ich in London war, habe ich ihn nie besoffen gesehen. Nicht einmal."

Debra schnaufte verächtlich. „Du bist da ein echter Experte, was, Pete?"

Verärgert antwortete er: „Verdammt, ja, Deb. Warum versuchst du, Mike als Trinker hinzustellen, wenn er doch keiner war?" Ein gefährliches Lächeln trat auf sein Gesicht. „Es macht beinahe den Eindruck, als ob du es so hinzustellen versuchst, als sei es wahrscheinlicher, daß er gestürzt ist und sich dabei selbst umgebracht hat, als daß es jemand anders getan hat."

Kurz nach zehn stand Carol draußen beim Schießstand – in voller Montur, bestehend aus Flakjacke, schußsicherer Schürze, Helm, Schutzbrille und großen Ohrenschützern. Ebenso ausstaffiert machte sich Nikki neben ihr an einer Wirbelkanone mit schwerem Rohr zu schaffen. Rechts und links von ihnen standen die anderen Kursteilnehmer in Zweiergruppen. Da Mike Yench tot war, ergab sich eine ungerade Zahl, so daß Agent Vertelle als Debra

Caulfields Partner einsprang. Als Carol ihn sah, dachte sie, daß sie hoffentlich nicht ganz so albern aussähe wie er.

„Fertig? Feuern Sie auf mein Kommando.“ Agentin Pykes Stimme drang trotz des Megaphons nur gedämpft durch die Ohrenschützer.

Carol sah Nikki an, die unter ihrer Schutzbrille grinste und ihre gute Laune wiedergefunden hatte. Sie hatte gejuchzt, als Carol beim Losziehen verlor und das Opfer sein mußte. Nancy Pyke hatte klargemacht, daß es nicht gefährlich war, sondern höchstens unangenehm. Die Wirbelkanonen waren auf die schwächste Frequenz gestellt, so daß die Schockwelle längst nicht so intensiv war wie bei einem Konfrontationseinsatz.

Sie sah auf das dicke Rohr der tragbaren Kanone, das Nikki auf ihre Brust gerichtet hatte, und fragte sich, was wohl geschähe, wenn jemand absichtlich oder aus Versehen die Stärke voll aufdrehte. Die Demonstration auf dem Video ließ darauf schließen, daß der Tod durchaus möglich war.

„Feuer!“ drang es gedämpft durch die Ohrenschützer, dann taumelte Carol zurück, als der völlig unsichtbare Wirbelring ihr einen Schlag versetzte, als hätte ihr jemand mit einem riesigen flachen Paddel eins gewischt.

Jetzt war Nikki an der Reihe, das Opfer zu sein, was ihrer Begeisterung erheblichen Abbruch tat, aber zur Mittagszeit waren sie und Carol ein eingespieltes Team. Unter Oberaufsicht von Agentin Pyke hatten sie und die anderen im Kurs akustische Sperren aufgerichtet, dabei handelte es sich im Grunde um Überschallautsprecher, die Frequenzen ausstrahlten, bei denen man quasi seekrank wurde mit Schwindelgefühlen und Erbrechen. Außerdem hatten sie Pfefferbälle abgefeuert und Gummigeschosse, mit denen Aufruhr niedergeschlagen wurde, hatten kleine Personenwaffen von der Größe einer Zigarettenschachtel ausprobiert, mit denen man für einige Minuten eine völlige Lähmung herbeiführen konnte, indem Gehirnbefehle an die Muskeln durcheinandergebracht wurden.

Carol, die bei der Übung mit diesem harmlos aussehenden Gerät das Opfer sein mußte, war es, als schössen Millionen scharfer Punkte durch ihren Körper. Ihre Atmung und andere lebenswichtige Funktionen waren nicht betroffen, aber sie konnte sich, obwohl bei vollem Bewußtsein, nicht bewegen. Als sie so dalag, überfiel sie eine Welle der Panik. Was, wenn die Lähmung nicht aufhörte? Erleichtert merkte sie nach einer Weile, daß sie sich wieder rühren konnte. Sie drehte sich um und stand auf. „Das will ich nicht noch einmal erleben."

Nikki, die als erste drangewesen war, schnitt ein Gesicht. „Seien Sie kein Weichei, Carol."

„Nicht alle sind so hartgesotten wie Sie, Nikki."

„Jetzt werden Sie sarkastisch", sagte Nikki. Sie hielt die kleine Schachtel hoch. „Die Größe ist völlig irrelevant, wissen Sie. Sie können einen Riesen damit zur Strecke bringen, noch ehe er wüßte, wie ihm geschieht."

„Die ideale Waffe für Frauen?"

Nikki lachte. „Das würde sie ein bißchen gleicher machen, nicht?"

Carol fragte sich, ob Nikki das gleiche dachte wie sie: Mike Yench in all seiner Massigkeit könnte mit so einem

Gerät gelähmt und dann ermordet worden sein. Im Geist schüttelte sie den Kopf. Schon um ihrer selbst willen wünschte sie, daß sein Tod ein Unfall war, dennoch wuchs in ihr die Gewißheit, daß Mike Yench ermordet worden war.

Auf ihrem Weg zum Lunch ergriff Carol die Gelegenheit, Ian Forteys Bemerkung von gestern abend zu verifizieren, und fragte Nikki salopp: „Haben Sie in Ihrem Leben schon mit dem FBI zu tun gehabt?"

Nikki sah sie von der Seite an. „Und wer hat Ihnen das gesteckt?"

Um Lockerheit bemüht, grinste Carol sie an. „Höre ich da etwa Paranoia in Ihrer Stimme, Nikki?"

„Schon möglich. Das kommt wohl nicht von Forteys, oder?"

Carol verbarg ihre Überraschung, daß Nikki ins Schwarze getroffen hatte. „Wieso meinen Sie das?"

„Er ist ein komischer Kauz, nehmen Sie sich vor ihm in acht. Forteys ist ein nachtragender Typ, der eine Kränkung niemals vergißt. Sie haben gehört, wie er sich heute morgen über Yench ausgelassen hat. Das Ganze geht zurück auf die Tatsache, daß Forteys eine Freundin hatte, die es vorzog, mit Yench zu arbeiten, statt mit ihm nach Edinburgh zurückzukehren."

„Sie sprechen von Debra?"

Nikki nickte. „Sie haben bemerkt, wie er ihr nachstellt? Ein unheimlicher Kerl." Sie blickte Carol scharf an. „Er war's, stimmt's? Was hat er über mich erzählt?"

Carol überlegte, ob sie der Frage ausweichen sollte, und beschloß, ganz offen zu sein. „Ian hat gesagt, daß Sie in Hongkong undercover mit dem FBI zusammengearbeitet haben. Und daß Sie, ich zitiere, mit denen ziemlich dicke sind."

„Stimmt", sagte Nikki. „Ist das alles?"

„Und daß Sie rücksichtslos sind."

Nikki gluckste. „Stimmt auch."

Carol fragte sich, wieso Nikki soviel über Forteys, Yench und Debra Caulfield wußte. „Offensichtlich kennen Sie diese britischen Kripoleute von früher. Kam das durch das FBI?"

„Hören Sie, wie ich spreche? Wie eine richtige englische Lady", sagte sie ironisch. „Haben Sie sich je gefragt, wieso?"

„Ich nehme an, daß Sie in England zur Schule gegangen sind."

„Sehr gut", bestätigte Nikki. „Hongkong war zu der Zeit noch englische Kolonie und meine Familie wohlhabend, so daß sie sich meine Ausbildung im Vereinigten Königreich leisten konnte. Und dann, später, war ich auf der Polizeiakademie in London. Dort lernte ich Debra kennen."

„Mir war nicht bewußt, daß Sie früher befreundet waren."

„Waren wir ja nicht", entgegnete Nikki. „Wir kennen uns, das ist alles."

Die Vernehmungen fanden am Nachmittag statt. Carol kam beinahe als Letzte dran. Vertelle hatte sich laut beklagt, daß er deswegen seinen Kurs verlegen und die Abwesenheit des einen oder anderen hinnehmen mußte.

Als Carol an die Reihe kam, war er ziemlich vergrätzt. „Fassen Sie sich kurz, Ashton", blaffte er sie an. „Pfeifen Sie auf die lange Version und kommen Sie direkt zur Sache."

Carol, die sich über sich ärgerte, weil sie die Sache unerklärlicherweise nervös machte, erwiderte barsch: „Das würde ich ein unprofessionelles Ansinnen nennen."

Vertelles Gesicht verfinsterte sich, doch ehe er antworten konnte, hatte Carol den Raum verlassen.

Die Vernehmung fand in einem kleinen Büro in einem der Verwaltungsgebäude statt. Carol folgte einem jungen FBI-Agenten, der sie hinüberführte, und dachte sarkastisch, wenn die Ermittler ihre Geschichte gehört hätten, nähme es sie nicht wunder, würden sie einen Lügendetektor anschleppen, um ihre Glaubwürdigkeit zu prüfen.

Die Vernehmung leitete ein Kriminalkommissar der Polizei von Virginia, unterstützt von zwei FBI-Agenten, die Carol unbekannt waren. Es gab keinen Lügendetektor, aber die Vernehmung wurde per Video und Tonband aufgezeichnet. Die eine Wand des Raums war verspiegelt, und Carol blickte auf ihr Spiegelbild, während sie sich fragte, wer sie hinter dem Spiegel beobachtete.

Sich plötzlich auf der anderen Seite wiederzufinden und vernommen zu werden, statt zu vernehmen, irritierte Carol total, sie bemerkte genervt, daß sie sich Gedanken über ihre Stimme und Mimik machte. Offen beschrieb sie ihren Wortwechsel mit Mike Yench und warum es zur Tätlichkeit kam. Während sie den Hergang erzählte, fragte sie sich, ob das nicht wie einstudiert klang.

Nach ihrer Schilderung, wie sie Yench mattgesetzt hatte, erwartete Carol viele bohrende Fragen, erst recht wenn Nikki Lee bereits von dem Zwischenfall berichtet hatte, aber der Ermittler, ein freundlich aussehender Mann, der sich ihr als Kommisar James Lewis vorgestellt hatte, wirkte nicht besonders beeindruckt, Er wollte lediglich genau wissen, wann und wo es sich zugetragen und ob Yench sich dabei den Kopf angeschlagen hatte.

Sehr viel mehr interessierte Lewis offensichtlich, wie sie am nächsten Morgen auf den Leichnam gestoßen war. Er hörte sich ihre Erklärung an, fragte nach, welche Strecke sie gelaufen und warum sie gerade aus dieser Richtung zum Gebäude zurückgekehrt war.

Die beiden FBI-Agenten wollten noch ein paar Punkte geklärt haben, dann dankten sie ihr mit dem Hinweis, daß sie sich für weitere Nachfragen zur Verfügung halten müsse, und sie war entlassen.

Wäre das Carols Fall gewesen, hätte sie die Vernehmung anders geführt. Verwundert trat sie den Rückweg zu ihrem Kurs an. Man hatte sie viel zu milde behandelt, dachte sie, in Anbetracht der Tatsache, daß sie eine tätliche Auseinandersetzung mit dem Opfer am Abend seines Todes hatte.

„Was ist das für ein Gefühl, als unglückliches Subjekt vernommen zu werden?“ fragte Leota, die zu ihr trat, als sie nach draußen in die Sonne kam.

Überrascht sah Carol sie an. „Hast du mir aufgelauert?“

„Na klar. Wie ist es gelaufen?“

Carol zuckte die Achseln. „Völlig problemlos. Ich habe gedacht, sie würden mich durch den Wolf drehen, aber sie ließen mich bloß meine Geschichte erzählen. Dann haben sie ein paar Fragen gestellt, und das war's." Sie lächelte zögernd. „Ziemlich enttäuschend, genau gesagt."

„Es lohnt sich, wenn man an hoher Stelle Freunde hat."

„Was willst du damit sagen?"

„Damit will ich sagen, meine liebe Carol, daß ich klargemacht habe, Kriminalkommissarin Ashton würde niemals lügen."

Carol sah sie scharf an. „Du warst auf der anderen Seite des Spiegels."

Ihr provozierender Ton berührte Leota nicht im geringsten. Sie sagte: „Ich bekenne mich schuldig."

„Mich wundert, daß du nicht fragst, warum ich dir nicht vorher von der Auseinandersetzung mit Yench erzählt habe." Und ehe Leota antworten konnte, fuhr Carol fort: „Aber das wußtest du schon, nicht wahr? Ich denke, Nikki Lee hat dir alles erzählt."

„Gut kombiniert." Leota nickte. „Zum Glück hat sie das, andernfalls hätte ich nicht gewußt, daß ich dir zu Hilfe kommen muß."

Daß Leota annahm, sie könnte nicht allein zurechtkommen, empfand Carol als Beleidigung. „Ich bin nicht so sicher, daß ich dich gebraucht habe."

„Das hast du, glaub' mir", versicherte Leota leise.

„Ich muß in meinen Kurs zurück", beendete Carol verärgert das Gespräch.

„Ich begleite dich." Nach einigen Schritten gluckste Leota. „Mach nicht so ein finsteres Gesicht, Carol. Womöglich brauchtest du meine Hilfe nicht – wenn's dir dann besser geht. Ich habe die Vernehmung beobachtet, und du warst sehr gut. Freilich – blond und hübsch hilft immer."

„Ich liebe es, ein Sterotyp zu sein."

„Und intelligent und cool. Hab' ich das etwa vergessen?" stichelte Leota weiter.

„Na fein", sagte Carol. „Aber wenn die Autopsie erweist, daß er ermordet wurde, dann hab' ich sie ganz fix am Hals."

„Die Autopsie ist morgen", sagte Leota ernst. „Doch ich kann dir bereits sagen, daß es nach Unfall aussieht. Es gibt eine Blutspur an der Wand des Gebäudes, bei dem er gefunden wurde, und Blutspuren auf der Erde. Verschiedene Leute, auch du, haben mitgekriegt, daß er betrunken war, und ich habe kein Problem, mir vorzustellen, daß er gegen die Wand geprallt, ein paar Schritte getaumelt und dann hingefallen ist, wo er im Lauf der Nacht an einer Gehirnblutung und an Unterkühlung gestorben ist."

„Und was, wenn es Mord war?"

„Wenn es Mord war", erklärte Leota, „haben wir mehr Verdächtige, als uns lieb ist."

10

Die zwei Tage vor dem Wochenende waren auf unangenehme Weise angespannt. Offensichtlich fiel es allen schwer, zum Kameradschaftsgeist zurückzufinden, und das Absperrband am Fundort, wo Yench gestorben war, erinnerte täglich an das, was passiert war.

Nach ihrem Gespräch am Donnerstagnachmittag sah Carol Leota nicht mehr, obwohl sie nach ihr Ausschau hielt, denn sie hätte gern Ian Forteys Bitte entsprochen und mehr über die Sache gegen Debra Caulfield erfahren.

Den Freitag verbrachten sie auf dem Übungsplatz mit Agentin Pyke, die ihnen alles Wissenswerte über neuentwickelte tödliche Waffen vermittelte. Die Agentin war eine strenge Ausbilderin und scheute sich nie, eine Nachlässigkeit bei den Sicherheitsvorkehrungen zu kritisieren oder eine ungeschickte Aktion laut und deutlich zu korrigieren. Auf Peter Karfer und den Filipino Sukani hatte sie es besonders abgesehen, wie sehr sie es auch versuchten, sie konnten es ihr nicht recht machen.

Carol kam ungeschoren davon, weil sie eine ausgezeichnete Schützin war und die Kniffligkeiten der neuen Waffen schnell begriff. Im allgemeinen trainierte sie gern Zielscheibenschießen, doch ein ganzer Tag mit lautem Geballer und Öl- und Pulvergestank verursachte ihr Kopfschmerzen, so daß sie erleichtert war, als die praktische Übung beendet wurde. Nancy Pyke beorderte sie zur theoretischen Lektion in den Unterrichtsraum. Sie nahm noch einmal alle Waffen durch, die sie tagsüber ausprobiert hatten, verteilte ein paar Seitenhiebe über die Unzulänglichkeiten ihrer Übungsteilnehmer, wobei sie Forteys besonders aufs Korn nahm, weil er die Sicherheit verletzt hatte, dann überließ sie Vertelle das Wort.

Er schürzte die dünnen Lippen, bis absolute Ruhe im Raum herrschte. Dann sagte er säuerlich: „Ich möchte Sie davon in Kenntnis setzen, daß es sich bei Kommissar Yenchs Tod offenbar um einen Unfall handelt – obwohl die Untersuchung noch nicht beendet ist. Es sieht aus, als wäre er in betrunkenem Zustand gegen eine Wand geschlagen und hätte sich dabei eine schwere Gehirnverletzung zugezogen. Offensichtlich hat er sich noch Richtung Büsche schleppen können, dort verlor er das Bewußtsein. Als man ihn am nächsten Morgen fand, war es zu spät."

Er machte eine Pause, ließ den Blick durch den Raum huschen, als warte er auf eine Antwort. Doch niemand sagte etwas. Er nickte. „Das ist es dann."

Alle standen auf, um zu gehen, und Carol musterte die Gesichter ringsum. Falls es irgendwem leid tat, daß Mike Yench tot war, ließ er oder sie sich nichts anmerken. Debra Caulfield, die jahrelang seine Kollegin gewesen war, wirkte beherrscht wie immer. Ian Forteys, der womöglich über das Ableben des Mannes, für den er so tiefe Abneigung empfand, befriedigt sein konnte, wirkte verdrossen, mißmutig. Nikki Lee kicherte über irgend etwas, das Peter Karfer gesagt hatte. Die anderen Kursteilnehmer machten einen unberührten Eindruck, obwohl Harris, der Kanadier mit der sanften Stimme, beim Rausgehen zu Carol sagte: „Es ist schrecklich, nicht wahr? Von einem Tag auf den anderen kann man hinüber sein.“ Er schnippte mit den Fingern. „Einfach so.“

Da sie sich den Schießpulvergestank aus den Haaren waschen wollte, ging Carol direkt zum Wohnblock hinüber. Auf ihrem Bett fand sie einen verschlossenen Umschlag. Gerade als sie danach griff, kam Debra Caulfield herein. „Ein heimlicher Verehrer, Carol?“

„Ich sollte mich glücklich schätzen.“

Seit Yenchs Leichnam gefunden worden war, wirkte Debra noch verschlossener als vorher, deshalb fand es Carol erfreulich, daß sie jetzt einer lockeren Unterhaltung nicht abgeneigt schien.

„Was machen Sie am Wochenende?“ fragte sie.

„Ich mache eine Stadtbesichtigung“, antwortete Debra. „Nancy Pyke hat angeboten, mich herumzufahren.“

Carol starrte sie ungläubig an. „Sie meinen Agentin Pyke, unsere außergewöhnliche Waffenexpertin?“ Verdattert erinnerte sie sich daran, daß Nancy Pyke am Mittwochabend beim Video neben Debra gesessen hatte. „Sie kennen sie vermutlich.“

„Eigentlich nicht. Neulich abend beim Video war sie sehr freundlich zu mir – wir haben über London geplaudert, das ihr angeblich sehr gefällt. Sie ist richtig anglophil und bot mir an, mir Washington zu zeigen, wenn ich sie irgendwann mal durch London führe.“

Daß Nancy Pyke über irgendwas plauderte, konnte

sich Carol kaum vorstellen, sagte es aber nicht. „Es ist toll, wenn Sie eine haben, die sich richtig gut auskennt."

Debra lächelte zynisch. „Ich nehme Nancy Pykes Angebot nicht für bare Münze", sagte sie. „Ich denke, man hat sie eher dazu verdonnert, mich im Auge zu behalten, aber sei's drum, ich laß mich drauf ein, schon um hier rauszukommen." Sie warf die Hände hoch. „Und vor allem weg von Ian."

„Ich weiß, daß Sie mal befreundet waren", erklärte Carol offenherzig, „und ich dachte, Sie hätten die Sache gekittet, weil Ian mich gebeten hat, mich bei Agentin Woolfe für Sie zu verwenden."

Angewidert antwortete Debra: „Er fantasiert, daß er wieder bei mir landen kann, aber er ist ein Psychopath, Carol. Irgendwo tickt er nicht richtig."

„Nikki Lee ist der gleichen Meinung."

Debra sah sie scharf an. „Sie ist ein Spitzel."

„Wirklich?"

„Fragen Sie Leota Woolfe. Die weiß alles darüber." Debra griff nach ihrem Badetuch. „Ich gehe jetzt duschen."

Sobald sie gegangen war, öffnete Carol den Briefumschlag. Leota hatte eine zierliche saubere Handschrift. *Hole dich morgen um zehn Uhr ab. Die Fahrt nach Washington dauert etwa fünfundvierzig Minuten. Das reicht nicht, Carol. Aber halte Samstagnacht für mich frei. Die ganze Nacht. Ich habe nicht vor, mich zu beeilen.*

Bei der Unterschrift grinste Carol. *Deine Agentin.*

***

Am Samstagmorgen war es klar und sonnig, mit einem Anflug von Frühling in der Luft und dem Versprechen, daß zumindest gegen Mittag eine Temperatur erreicht würde, die Carol angenehm fände. Sie packte, unschlüssig, was sie fürs Dinner am Abend mitnehmen sollte, denn Hal hatte einen Tisch in einem der besten Restaurants der Hauptstadt reserviert.

Leota kam pünktlich, und kurz nach zehn befanden sie sich auf dem Freeway nach Washington. Carol war nicht nach Reden zumute, lieber genoß sie die Freiheit, nicht nur den Anforderungen des Lehrgangs entronnen zu sein, sondern auch der gestörten Atmosphäre seit dem Tod von Mike Yench.

Leota füllte das Schweigen mit den Details der Autopsie und dem Stand der Ermittlungen. „Wenn es wirklich Mord ist, dann ein sehr raffinierter", sagte sie. „Das Blut an der Wand ist von Yench, die Wunde selbst hat miskroskopische Schürfspuren, die mit dem Material des Gebäudes übereinstimmen. Der Blutalkohol ergab, daß er sehr betrunken gewesen war." Sie grinste Carol an. „Und außer dem Schädelbruch hat er eine angeknackste Kniescheibe und einen dicken Bluterguß plus ein paar Hautabschürfungen am Schienbein."

Carol grinste nicht zurück. Der schreckliche Gedanke, daß Yench womöglich gegen die Wand geprallt war, weil sie ihm das Knie zerschmettert hatte und für die Folgen mitverantwortlich war, verfolgte sie schon die ganze Zeit.

„Du hast noch immer Schuldgefühle wegen Yench, nicht wahr?" fragte Leota und wechselte auf die Überholspur.

„Ich habe an ihn gedacht, ja."

Leota lachte bitter. „Er war es nicht wert, solange er lebte, und jetzt ist er's ganz gewiß auch nicht."

Carol betrachtete Leotas Profil. Sie hatte eine prägnante Nase und ein noch prägnanteres Kinn, und ihr dunkler Teint schimmerte, sie strotzte vor Gesundheit. Carol verspürte den Impuls, mit dem Finger über die Konturen ihres Kiefers zu streichen. Aber sie sagte nur: „Du klingst, als hättest du ihn nicht gemocht, persönlich, meine ich."

„Stimmt. Je mehr ich über Magic Mike gehört habe, desto mehr habe ich ihn verachtet."

„Weil er ein korrupter Polizist war?"

„Mehr als das. Er hat auch andere korrumpiert. Kommissarin Debra Caulfield zu Beispiel. Alles deutete darauf, daß sie eine große Zukunft hatte, bis sie sich mit Yench zusammentat."

Carol ergriff die Gelegenheit. „Wie ich höre, glaubt Debra, daß man sie schließlich zum Sündenbock machen wird und daß dein kleiner Trick mit dem Lügendetektor zu diesem abgekarteten Spiel gehört."

Leota wandte den Kopf. „Glaubt sie das? Es ist ein bißchen spät für sie, ihre Unschuld zu behaupten. Ich glaube, sie hat mit Sir Richard kooperiert. Und nun, da er verschwunden ist, versucht sie, ihre Haut zu retten. Yenchs Tod ist ein Segen für sie, denn sie wird alles daransetzen, ihn für alles verantwortlich zu machen, schließlich kann er sich nicht mehr wehren."

„Wäre es möglich, daß sie nichts mit der Sache zu tun hat und Yench, und andere, ihr alles angehängt haben?"

Leota legte den Kopf schief. „Möglich ist alles, aber ich

glaube es nicht. Abgesehen von Mike Yench, der definitiv verwickelt ist, hat jemand Sir Richard Rackham über den Fortgang der Ermittlungen auf dem Laufenden gehalten. Meines Erachtens deutet alles auf sie."

„Sie behauptet, sie sei zu Yench gegangen und hätte ihm gesagt, daß Rackham in den Drogenhandel involviert sei, woraufhin er ihr versicherte, alles sei unter Kontrolle, sie solle darüber schweigen."

„Mei", sagte Leota und bedachte Carol mit einem Seitenblick. „Caulfield hat dir ihr Herz ausgeschüttet."

„Im Gegensatz zu dir", erwiderte Carol trocken.

„Was soll das heißen?"

„Du hast mich nicht wirklich ins Bild gesetzt. In Los Angeles hast du mich mit den internationalen FBI-Verbindungen eingeseift und daß ich eine der Auserwählten sei, und als ich nach Quantico kam, wurde klar, daß es eher mit dem Verschwinden von Rackham und dem internationalen Drogenhandel zu tun hat und ich ein Spitzel sein soll wie Nikki Lee."

Das saß, wie Carol zufrieden bemerkte. Leotas Kopf fuhr herum, sie sah verblüfft aus. „Sie ist kein Spitzel. Sie hatte mit uns zuvor in anderer Sache zu tun, daß sie uns auf informeller Basis helfen würde, wenn sich die Gelegenheit ergäbe, ist doch natürlich."

„Ich habe das Gefühl, daß alle außer mir wissen, was läuft."

„Tut mir leid, Carol, aber du als Kriminalistin weißt ja, daß es immer am besten ist, wenn deine rechte Hand nicht weiß, was deine linke tut."

Carol schnaubte bei Leotas beschwichtigendem Ton.

„Ich weiß nicht mal, was irgendeine Hand tut. Das ist ja das Problem."

Leotas weiße Zähne blitzten. „Also was willst du wissen?"

Diese Gelegenheit wollte sich Carol nicht entgehen lassen. „Im Augenblick habe ich zwei Fragen, die anderen hebe ich mir für später auf."

„Schieß los!" Leota lachte.

„Wie ist deine Einschätzung in bezug auf Rackhams Verschwinden?"

Leota dachte einen Moment nach. „Da gibt es zwei Möglichkeiten", sagte sie. „Du kannst dir eine aussuchen. Erstens, er ist abgetaucht und führt mit einer neuen Identität ein gutes Leben irgendwo, wo er sich in Sicherheit glaubt. Zweitens, er ist tot, von Komplizen oder Konkurrenten im Drogenhandel umgebracht. Entweder ist er freiwillig mitgegangen oder entführt worden, aber – ob so oder so – er ist tot und irgendwo verscharrt, wo ihn niemand finden wird."

„Und worauf tippst du?"

„Er hatte Zeit genug, die Sache zu planen. Ich glaube, daß er am Leben ist und uns auslacht." Sie blickte auf das Straßenschild. „Beeil dich lieber mit deiner zweiten Frage, wir sind gleich da."

„Warum braucht Hal del Bosco einen Bodyguard?"

„Geldwäsche."

Bei dieser knappen Antwort runzelte Carol die Stirn. „Willst du sagen, daß Hal in Geldwäsche involviert ist?"

„Nein, aber seine Klientin, und damit gerät er in die Nähe von äußerst gefährlichen Leuten. Halte Michele

Rackham bloß nicht für ein Unschuldslamm, das ist sie nicht. Und deshalb hat sie sich Hal als Beistand genommen – sie fürchtet, verhaftet zu werden."

„Warum bleibt sie dann hier?" fragte Carol. „Warum fliegt sie nicht nach London zurück und wehrt sich dort gegen ihre Auslieferung?"

„Weil Geldwäsche in Amerika ein großes Geschäft ist, deshalb ist hier genau der richtige Ort für heißes Geld, und die Rackhams haben aus diesem Grund buchstäblich Millionen ins Land geschleust. Wir haben einige davon bis zu verschiedenen Zentren verfolgt, wo sich Finanzdienstleister darauf spezialisiert haben, Drogenprofite zu legitimieren."

„Das Geld, das Sir Richard in England mit Ecstasy gemacht hat?"

„Nicht nur in England", sagte Leota nicht ohne bewundernden Unterton. „Rackham war im Begriff, sein einträgliches Geschäft auszuweiten, und bediente sich dazu eines bereits existierenden Netzwerks, das Ecstasy in die Vereinigten Staaten schleust. Aus diesem Grund haben wir uns für ihn besonders interessiert."

Carol sah im Geist Michele Rackhams große knochige Gestalt und die markanten Gesichtszüge vor sich. „Willst du sagen, daß Michele als Agentin ihres Mannes fungiert?"

Leota blickte sie belustigt an. „Aus welchem Grund sollte eine Frau nicht in der Lage sein, ein erfolgreiches Geschäft zu führen? Vielleicht hat sie den ganzen Haufen übernommen."

Seltsamerweise wollte Carol die Frau verteidigen. „Bist du sicher, daß sie ihre Finger drin hat? Hast du Beweise?"

Leota seufzte. „Beim FBI ist es nicht Sitte, Unschuldige zu verfolgen. Die Regierung verschärft die Überwachung jener Regionen, in denen Geldwäsche, Wirtschaftskriminalität und Steuerhinterziehung am häufigsten vorkommen – nämlich New York und New Jersey, Los Angeles, San Juan, Puerto Rico und die Grenze zwischen Arizona und Texas. Vermutlich wirst du sagen, es sei ein Zufall, daß Michele Rackham in den letzten zwei Jahren achtmal die USA besucht und in etlichen dieser Gegenden einige Zeit verbracht hat."

„Es sei denn, du hast sie in belastenden Umständen auf Band."

Leota grunzte befriedigt. „Wir haben sie auf Band."

Geldwäsche war wie überall auch in Australien ein wachsendes Problem. Carol kannte die Wege, auf denen Erträge aus kriminellen Aktivitäten so lange von Bankkonto zu Bankkonto transferiert wurden, bis das Geld wie legitime Profite aus legalen Geschäften wirkte. Billionen Dollar aus Rußland waren durch die Bank of New York gewaschen worden, sie hatte Schätzungen gesehen, in denen die weltweite Geldwäscheindustrie auf mehr als sechshundert Billionen Dollar taxiert wurde.

„Warum habt ihr die Rackhams nicht längst verhaftet?"

„Uns wurde angekündigt, daß diesen Monat noch eine riesige Schiffsladung hier in den Staaten eintreffen sollte, da wollten wir die Falle zuschnappen lassen. Dann verschwand Rackham. Wir warteten also ab, um zu sehen, was mit ihm passiert war. Und dann gibt es natürlich auch politischen Druck. Der britische Premierminister ist nicht glücklich über die Aussicht, einen seiner Minister wegen

Drogenhandels verhaftet zu sehen, deshalb hat er um etwas Zeit gebeten, damit er in London entsprechende Schritte unternehmen kann."

Mit zynischem Lächeln bemerkte Carol: „Politiker sind doch überall auf der Welt gleich."

„Was du nicht sagst. Man kann ihnen nur so weit trauen, wie der Arm reicht."

Carol blickte sie nachdenklich an. *Und wie weit kann ich dir trauen, Agentin Woolfe?*

11

Leota setzte Carol vor Hals und Jills Hotel ab und erklärte, sie träfe sie alle am Abend. Dann brauste sie durch den Verkehr davon, ohne zu sagen, was sie den ganzen Tag täte, obwohl Carol wußte, daß sie eine Wohnung in Alexandria, Virginia, hatte, unweit von Washington. *Das geht mich überhaupt nichts an,* dachte Carol irritiert, weil sie enttäuscht war, daß Leota nicht angeboten hatte, ihr zu zeigen, wo sie wohnte.

Die elegante Lobby des Fünf-Sterne-Hotels war mit Marmor und dunklem Edelholz ausgestattet. Carol checkte sich ein, ging hinauf ins Zimmer, das Hal für sie reserviert hatte. Nachdem sie ihr Gepäck abgestellt hatte, fuhr sie mit dem holzgetäfelten Lift zur del Bosco-Suite hinauf.

„Carol!" Jill umarmte sie, als hätten sie sich nicht vor Tagen, sondern Monaten zuletzt gesehen.

Auch Hal umarmte sie herzlich. Sie konnte sein Rasierwasser riechen und daß er etwas getrunken hatte. Alles an ihm strahlte Selbstsicherheit und Wohlstand aus. Er trug einen dunkelgrauen Geschäftsanzug, cremefarbenes Hemd und eine kastanienbraune Krawatte. Ein schwerer Siegelring schimmerte an seiner rechten Hand.

„Was hältst du davon?" fragte er mit ausladender Geste durch den Raum. „Nett, nicht?"

Die Suite war prächtig, aber der Balkon zog Carol magisch an. Sie trat hinaus, um die Aussicht auf die Stadt zu genießen. Von Bildern kannte sie das Weiße Haus, das Capitol, das Washington-Monument, das alles war ihr so vertraut wie das Parlamentsgebäude in Canberra oder die Oper und die Harbour Bridge in Sydney.

Begeistert rief sie: „Ich sehe das Washington-Monument“, und zeigte in die Richtung.

„Hal hat einen Termin“, sagte Jill, die in ihrem lindgrünen Hosenanzug sensationell aussah, „also sind wir uns selbst überlassen. Wie wär's mit einer Stadtbesichtigung einschließlich Washington-Monument?“

„Tolle Idee. Ich habe gehofft, daß du das vorschlägst.“

Sie gingen hinein, und Hal bemerkte mit hingerissenem Blick auf seine Frau: „Fällt dir irgend etwas an meiner bezaubernden Jill auf?“

Jill sah ihn gereizt an. „Ich habe mein Haar aufhellen und mir eine neue Frisur machen lassen, gefällt's dir?“ fragte sie Carol.

„Daran bist du schuld, Carol“, erklärte Hal. „Kaum hatte sie dich gesehen und dieses fantastische Blond, machte sie auch schon einen Termin beim prominentesten Friseur von Beverly Hills.“

Er schaute auf seine goldene Armbanduhr. „Ich bin schon weg. Bis später also.“

„Kein Bodyguard?“ fragte Carol.

Hal grinste sie an. „Nur in Los Angeles. Washington ist entschieden sicherer.“

***

„Schade, daß wir uns das J. Edgar Hoover-FBI-Gebäude nicht ansehen können“, sagte Jill, während sie darauf warteten, daß der Hotelpage den Mietwagen vom Parkplatz brachte. „Es ist nur wochentags zu besichtigen. Als ich das letzte Mal hier war, habe ich eine Führung mitgemacht, und das war toll. Es gibt eine Ausstellung aller berühmten Fälle, man kann die Labors sehen und all das.“

„Ich finde, ich habe schon genug mit dem FBI zu tun“, antwortete Carol. „Apropos, ich wollte ich fragen, seit wann du Leota Woolfe kennst.“

„Ich weiß nicht – seit ein paar Jahren. Sie und Hal haben sich auf Anhieb verstanden. Er verteidigte einen Typ, der angeklagt war, eine Briefbombe ans Oberste Gericht geschickt zu haben, Er hat ihn rausgehauen. Aber Leota hat ihm nicht nachgetragen, daß sie den Fall verlor, und wir sind Freunde geworden.“ Neugierig fügte sie hinzu: „Warum fragst du?“

„Aus keinem besonderen Grund“, wiegelte Carol ab.

Jill zog eine Braue hoch. „Ach, komm schon. Du hast *immer* einen Grund.“

Carol wechselte das Thema. „Hast du gehört, daß es Mittwochnacht in der Akademie einen Toten gegeben hat?“

„Soll das ein Scherz sein?“

In diesem Moment kam der Mietwagen, und erst als sie losfuhren, erkundigte sich Jill: „Was ist passiert?“

Carol schilderte kurz, wie Mike Yench zu Tode kam und daß sie ihm am Abend einen Tritt versetzen mußte, weil er sie belästigt hatte.

„Super“, bemerkte Jill, „der Typ scheint ja ein echtes Ekel gewesen zu sein.“

„Er war betrunken, was natürlich keine Entschuldigung ist."

„Ganz und gar nicht. Daß er gestorben ist, gleich nachdem du ihm eins verpaßt hast, ist zwar fatal, aber zum Glück war es wenigstens ein Unfall."

„Das ist die offizielle Version", sagte Carol. „Es muß nicht ihre wirkliche Meinung sein. Leota erzählte mir, was die Autopsie erbracht hat, damit scheint die Sache erledigt, aber FBI-Agenten sagen nicht immer die Wahrheit."

„Ich glaube, auf Leota kannst du dich verlassen", erklärte Jill. „Ich weiß, daß Hal ihr total vertraut."

„Das ist gut", antwortete Carol, aber es beruhigte sie ganz und gar nicht.

Die Hauptstadt war, wie Carol sie sich vorgestellt hatte, und mehr. Das Washington-Monument mitten in einer Parkanlage beeindruckte sie sehr.

„1884 vollendet und mit fünfhundertfünfundfünfzig Fuß die weltweit höchste in Stein gehauene Statue", las Jill aus ihrem Stadtführer vor.

„Was ist das in Metern?"

Jill verzog das Gesicht. „Ich hab' ganz vergessen, wie wir das in Australien umrechnen. Am Anfang, als ich in die Staaten kam, stand ich bei Pounds und Ounces und Fahrenheit und Meilen völlig auf dem Schlauch, aber inzwischen ist mir das zur zweiten Natur geworden."

Sie schlossen sich einer Reisegruppe an, nach kurzem Warten fuhren sie mit dem Aufzug die Säule hinauf, von wo sich eine atemraubende Aussicht über den District of Columbia bis hinüber nach Maryland und Virginia bot.

Auf der Fahrt zum Lincoln Memorial sagte Jill: „Ich hoffe, es stört dich nicht, daß Michele heute abend mit uns diniert. Ich habe ihr gesagt, daß Leota auch dabei wäre, aber Michele schien das nichts auszumachen, obwohl sie sagt, das FBI sei hinter ihr her."

„Ich wußte gar nicht, daß sie in Washington ist."

„Sie kam gestern abend mit dem Flugzeug. Offen gesagt glaube ich, sie ist nervös, wenn sie nicht in Hals Nähe ist. Irgendwie glaubt sie, daß er einen Zauber weiß, der sie vor einer Verhaftung bewahrt."

„Hast du je ihren Mann kennengelernt?"

„Sir Richard? Nein, aber Hal kennt ihn."

Da Jills Meinung sie interessierte, fragte Carol: „Was denkst du, ist mit Rackham geschehen?"

„Ich bezweifle, daß er gekidnappt wurde, denn es wurde ja kein Lösegeld verlangt. Michele ist überzeugt, daß er aus freien Stücken das Weite gesucht hat und sich irgendwo versteckt hält oder von einem Auto angefahren wurde oder gefallen ist und das Gedächtnis verloren und niemand ihn bisher wiedererkannt hat." Sie grinste. „Klingt mir ein bißchen nach dem Film der Woche."

„Hat seine Frau gesagt, warum er sich versteckt haben könnte?"

Jill runzelte die Stirn. „Sie sagt, es sei sein Kampf gegen Drogen – damit habe er sich viele Feinde gemacht. Ich persönlich habe den Eindruck, Sir Richard ist in was involviert, das nicht ganz astrein ist, wenn das stimmt, schätze ich, daß es um ihn nicht so gut stehen könnte."

Schon von weitem sah Carol die dorischen Säulen des Lincoln Memorials. Sie fragte sich, warum sie sich mit einem Fall befaßte, der mit ihr gar nichts zu tun hatte. *Ich kann's halt nicht lassen,* dachte sie und grinste in sich hinein.

„Das erinnert mich zu sehr an meine Arbeit“, sagte sie zu Jill. „Komm, laß uns über was anderes reden.“

Das Lincoln Memorial war einem griechischen Tempel nachempfunden, ein überwältigender Marmorbau. Carol war überrascht, daß sie ein Gefühl von Ehrfurcht beschlich, als sie zu der gewaltigen Statue des sitzenden Präsidenten aufschaute, der ernst auf den spiegelnden See starrte. Sein kantiges Gesicht strahlte eine Würde und Güte aus, die sie nicht erwartet hätte.

Dann fuhren sie zum Capitol und nahmen an einer Führung unter der Rotunde teil. Carol dachte, daß es eines der eindrucksvollsten Kuppelgewölbe der Welt sein mußte. Ihre Begeisterung verlor sich allmählich, als sie durch sämtliche Hallen und Räume geschleust wurden, die für die Öffentlichkeit zugänglich waren. Ihr taten die Füße weh, und sie sehnte sich nach einem Kick, den nur starker Kaffee ihr geben konnte.

Später, nachdem sie sich gestärkt und den Coffeinpegel aufgefüllt hatten, besuchten sie das Vietnam Memorial, und als Carol die über achtundfünfzigtausend Namen gefallener Amerikaner las, die in den schwarzen Granit gemeißelt waren, stiegen ihr unwillkürlich Tränen in die Augen. All die Blumen, Fotos, Briefe an den Wänden gingen ihr so nahe, daß es nur schwer zu ertragen war. Auch Australier hatten in diesem Krieg ihr Leben gelassen, und Carol gedachte der jungen Männer und

Frauen, die in Vietnam gefallen waren oder die der Krieg unwiederruflich verändert hatte.

Bedrückt kehrten sie zum Hotel zurück. Eine aschfahle Michele Rackham erwartete sie in der Halle. „Sie haben Richard gefunden", sagte sie mit entsetztem Gesicht. „Er ist tot."

Jill legte ihr den Arm um die Schultern. „Möchten Sie sich nicht setzen?"

„Nein. Ich muß mit ihnen mitgehen." Michele deutete auf zwei unauffällig gekleidete junge Männer, die schweigend etwas abseits standen. „Ich konnte Hal nicht finden, deshalb hab' ich gesagt, ich müßte warten, bis Sie zurückkommen."

„Ich werde mitgehen", erklärte Jill. Sie sah Carol an. „Kannst du herausfinden, wohin man sie bringt, und es Hal sagen, sobald er zurückkommt? Ich weiß nicht, wo er ist, und kann ihn nicht anrufen."

Carol ging zu den beiden FBI-Agenten, die ihr argwöhnisch entgegenstarrten. Sie wies sich aus und bat um ihre Ausweise. Die beiden zeigten sich nicht überrascht und kamen ihrer Bitte umstandslos nach. Sie ließ sich erklären, wohin sie Michele Rackham brachten, und versuchte dann, etwas über Sir Richard in Erfahrung zu bringen. Wie sie erwartet hatte, fiel sofort die Klappe. Die vier verließen die Hotelhalle, sie sah ihnen nach, ohne Aufschluß über Sir Rackhams Schicksal bekommen zu haben.

12

Eine Zeitlang schien es, als müsse das geplante Dinner ins Wasser fallen. Vierzig Minuten nach dem Abgang der anderen kehrte Hal ins Hotel zurück und kam sofort in ihr Zimmer, worum sie in ihrer Nachricht dringend gebeten hatte. Dann eilte er Jill und Michele Rackham nach. Da Carol nicht wußte, wann sie zurückkämen, überlegte sie, ob sie Leota informieren sollte, als die von sich aus anrief.

Übergangslos fragte sie hastig: „Hast du von Rackham gehört?"

„Nur daß er tot ist. Seine Frau sagte es uns, als Jill und ich zum Hotel kamen."

„Wie du dir vorstellen kannst, hat das für ziemlichen Wirbel gesorgt. Wir trommeln gerade von überall Agenten zur Verstärkung zusammen."

„Also wird das nichts heute abend?"

Leota lachte leise. „Hast du gedacht. So leicht entkommst du mir nicht."

Carol verspürte erwartungsvolle Spannung, die ignorierte sie und fragte: „Wie ist Rackham gestorben?"

Leota lachte leise. „Zurück zum Geschäftlichen, wie ich sehe." Sie klang belustigt. „Der Leichnam ist bereits so verwest, daß man es ohne Obduktion nicht sagen kann."

„Wo wurde er gefunden?"

„In Maryland, in einem Graben. Auf dem Lande. Kinder haben ihn entdeckt, und wir tun gerade unser Bestes, damit sie nicht zu Schlagzeilenhelden avancieren, sag also lieber auch nichts, Carol."

„Natürlich wird das publik."

„Sicher. Aber je länger wir es der Presse vorenthalten können, desto besser."

Carol wußte genau, was sie meinte. Es war nicht so, daß Reporter über einen Tatort herfielen und die Spuren vernichteten – dort konnte man sie in Schach halten –, sondern daß sie sich an jede Person hefteten, sie bedrängten und ausquetschten, die auch nur entfernt mit einem prominenten Fall etwas zu tun haben könnte. Und daß die Medien sich in Spekulationen ergingen, Geschichten erfanden, die reine Windeier waren, Tatsachen verdrehten und auch vor Lügen nicht zurückschreckten, um die flüchtige Aufmerksamkeit eines übersättigten Publikums zu erhaschen.

Leota versprach, zum Dinner zu kommen, auch wenn es vielleicht etwas später würde, und legte auf. Grübelnd saß Carol auf dem Bett. Wenn Richard Rackhams Leichnam schon stark verwest war, überlegte sie, mußte er bald nach seinem Verschwinden umgekommen sein, denn das Wetter war kalt, und die Leiche hatte draußen gelegen, so daß die Kälte den Verwesungsprozeß verlangsamte.

Sie rief den Zimmerservice an und bestellte ein Kännchen Kaffee und dazu einen Chivas Regal-Whiskey on the rocks. Sie stellte sich vor, daß Michele gerade gebeten wurde, die Überreste ihres Mannes zu identifizieren.

Unter Umständen wie diesen war das eine besonders gräßliche Pflicht. Und als mögliche Verdächtige würde sie scharf beobachtet, wenn sie den Leichnam ansah.

Wie oft schon hatte Carol neben einem verwandten oder befreundeten Menschen gestanden, die oder der in das Gesicht eines Induviduums starrte, das einmal eine lebendige, atmende Person gewesen war und jetzt als schlaffes Fleisch auf einem kalten Metalltisch lag. Carol wußte aus Erfahrung, daß ein Mörder, wenn er auf diese Weise mit seiner Tat konfrontiert wurde, sich manchmal durch Fluchen verriet oder in seltenen Fällen sogar zu einem direkten Geständnis des Mordes hinreißen ließ.

Irgendwie konnte sich Carol bei Michele Rackham so etwas nicht vorstellen, selbst wenn sie schuldig wäre.

Das Dinner fand schließlich statt, wie geplant, nur ohne Michele Rackham. „Arme Michele", sagte Jill. „Es war *entsetzlich*.' Sie sah Carol an. „Wie du damit dein Brot erwerben kannst, ist mir unbegreiflich. All diese Toten..."

Hal tätschelte ihr die Hand. „Denk einfach nicht mehr dran, Schatz."

Jill blickte sich in dem vollen Luxusrestaurent um, dessen Gäste sich angeregt unterhielten, während aufmerksame Kellner um sie herumwuselten. „Ich kann nicht glauben, daß es diesen Nachmittag wirklich gegeben hat. Ich meine, alles hier wirkt so normal."

„Nur für dich so normal", stichelte Carol. „Derartigen Luxus bin ich jedenfalls nicht gewöhnt."

„Du weißt genau, was ich meine", sagte Jill etwas verlegen.

„Der Kontrast kann ganz gut sein", bemerkte Leota. „Er bringt dich dazu, zu schätzen, was du hast." Sie sah Carol mit halbem Lächeln an. „Oder was du bekommen wirst."

Leota sah aus wie das blühende Leben. Sie trug einen schwarzen Rock und eine silberne Bluse aus schwerem Brokat, deren raffinierter Kragen ihren graziösen Hals betonte. Dazu trug sie nur quadratische Silberohrringe und ein flaches silbernes Gliederarmband.

Da Carols mitgebrachte Garderobe limitiert war, hatte sie sich für ihr klassisches Schwarzes entschieden. Jill trug ein fast gleich aussehendes, das nach Carols Einschätzung bestimmt x-mal so teuer war wie ihres.

Das Essen war ganz ausgezeichnet und raffiniert zubereitet, trotzdem blickte Carol hin und wieder verstohlen auf ihre Uhr. Als Leota sie dabei beobachtete und grinste, stieg Carol das Blut ins Gesicht. Hoffentlich merkte niemand, daß sie doch tatsächlich rot wurde.

In wortloser Übereinstimmung bewegte sich das Gespräch auf sicherem Terrain. Jill hatte erklärt, sie führe und tränke deshalb nur ein Glas Wein. Hal nahm sie beim Wort und begann mit zwei Martinis, bestellte zum Essen eine Flasche Wein und danach noch eine. Leota, die auch nur sehr mäßig trank, unterhielt sie mit komischen FBI-Geschichten, und Hal erzählte von seiner heutigen Sitzung bei Washingtons Lobbyisten für alternative Medizin und erklärte: „Inzwischen gibt es Lobbyisten für absolut alles. Vermutlich sogar für intergalaktische Aliens."

Gegen elf erhoben sie sich vom Tisch, Hal bat, die Wagen vorzufahren. Während des Essens hatte sich das Wetter gedreht und ein kalter Schnürlregen eingesetzt.

Hals und Jills Wagen wurde zuerst gebracht. Leota hatte gesagt, daß sie Carol zum Hotel führe, deshalb sagten sie einander gute Nacht, und Jill und Hal begaben sich zum Wagen.

Carol starrte unter dem Vordach des Entrees in den Regen hinaus, der im Licht vorbeifahrender Fahrzeuge wie silberne Ketten aussah. Plötzlich quietschten Bremsen, ein Motor heulte auf, jemand brüllte. Carol erkannte Hals Stimme und rannte in den Regen hinaus, Leota folgte ihr auf den Fersen.

„Verdammt!" Hals Gesichts war ganz weiß. „Beinahe hätte das Arschloch Jill umgefahren!"

Die zitternde Jill ließ sich ins Restaurant zurückbringen. Der Hausdiener hielt seinen Schirm über sie und fragte erregt: „Soll ich die Polizei rufen, Sir?"

„Das bringt doch nichts. Das Schwein ist längst weg."

Nachdem Carol sich vergewissert hatte, daß mit Jill alles in Ordnung war, kehrte sie nach draußen zu Hal zurück. „Was ist passiert?"

Er beruhigte sich. „Ein Betrunkener, würde ich sagen. Gerade als Jill sich hinter das Steuer setzen wollte, hat er sie im Vorbeifahren fast umgenietet. Wäre sie nicht beiseitegesprungen, hätte er sie erwischt."

„Hast du dir die Nummer gemerkt?"

Er schüttelte den Kopf und fragte den Hausdiener: „Haben Sie etwas gesehen?"

„Nein, Sir, bedaure. Es schüttet ja so, und es war ein dunkler Wagen."

Carol und Leota warteten, bis Jill erklärte, sie könne jetzt fahren. Zum zweitenmal sagten sie einander gute

Nacht, doch diesmal klangen sie eher bedrückt. Auf der Fahrt zum Hotel bemerkte Leota: „Ich kann mir nicht vorstellen, daß Jill Feinde hat."

„Willst du damit sagen, daß es Absicht war?" fragte Carol, die gerade dachte, daß Hal allzu leicht auf seinen Bodyguard verzichtet hatte.

„Vielleicht war es wirklich ein Betrunkener." Sie legte Carol die Hand aufs Knie. „Reden wir über was anderes."

Carol hatte eine Flasche Champagner im Eiskübel aufs Zimmer bestellt. Sie stießen feierlich miteinander an, und angeregt spürte Carol, wie sich eine Spannung in ihr aufbaute, so als träte sie zu einem Lauf an, bei dem sie wußte, daß sie gewänne.

„Trink jetzt nichts mehr", sagte Leota. „Ich möchte nicht, daß es deine Sinne benebelt."

„Darauf kannst du aber lange warten." Carol stellte ihr Champagnerglas hin und starrte in Leotas dunkle Augen.

„Müde? Es ist fast Mitternacht."

„Nein", antwortete Carol. „Ich bin so wach wie nie." Sie starrte auf Leotas Mund, auf ihren Lippen lag ein halbes Lächeln. „Und was nun?"

„Jetzt fängt es an", sagte Leota. „Sei nicht so ungeduldig, Carol. Laß dich langsam hinführen, behutsam, gewissenhaft, unerbittlich."

„Worte, nichts als Worte", entgegnete Carol erregt. „Wie wär's mit etwas Action?"

Als sie sich küßten, dachte Carol an ein langsam brennendes Feuer, ein Feuer, dessen Kern glühte. „Ich habe das Gefühl, ich könnte dich ewig küssen."

Sie tastete sich zum Reißverschluß an Leotas Rock vor, aber Leota zog ihre Hand fort. „Nein, Carol, noch nicht. Wir müssen uns schon ausgiebig küssen, ehe du dir dieses Privileg verdient hast."

„Wie lange?"

„Ich sag's dir dann."

Leotas Mund war betörend, ihre Zunge sanft und doch fordernd „Na gut", sagte Carol an ihren Lippen. „Ich lasse mich jetzt darauf ein. Aber dann bin ich dran."

„Abgemacht."

Sie küßten sich, bis Carol es kaum mehr aushielt vor Verlangen, Leotas Haut zu spüren und umgekehrt von ihr berührt zu werden. Gerade als sie ihr Verlangen artikulieren wollte, sagte Leota: „Willst du mich nicht ausziehen?"

„Na endlich." Carol lachte.

„Aber laß dir Zeit."

„Ich glaube nicht, daß ich das kann."

Carol knöpfte Leotas Brokatbluse auf, öffnete ihren BH und ließ die Hände über die kaffeebraune Haut gleiten.

„Erregt dich das?" fragte Carol, als Leota seufzte.

„Nur ein bißchen, ich kann warten."

Leota stieg aus ihrem Rock, schlüpfte aus den Schuhen und ließ sich den schwarzen Slip über die Hüften streifen.

Carol küßte ihre Brüste. „Du bist hinreißend."

„Ich bin dran." Leota schob ihren Kopf beiseite.

Das langsame Entkleiden war für Carol in ihrer brennenden Lust eine Qual, und sie grollte tief in ihrer Kehle.

Nackt umarmten sie sich, dann nahm Leota ihre Hand. „Ins Bett?"

Carol wollte etwas Witziges antworten, sagte aber nur: „Ja, schnell."

„Wir haben die ganze Nacht."

Als sie auf die Laken sanken, nahm Carol das Spiegelbild ihrer Körper wahr – die braune Haut neben der weißen, das blonde und das schwarze Haar. Der Kontrast erregte sie und steigerte ihre Lust. „Sieh uns an", sagte sie.

„Ich will nicht sehen, ich will fühlen und schmecken." Leota streichelte sie, langsam, aufreizend langsam, ohne sie ganz zum Höhepunkt zu bringen.

„O Gott, ist das eine Qual", murmelte Carol.

„Jetzt", sagte Leota, „jetzt."

Carol gab sich ihrem Mund, ihren Fingern hin. Sie loderte förmlich, bäumte sich auf vor Lust, und mit einem Triumphschrei entlud sich der Orgasmus.

Schweißnaß lachte sie, rang nach Luft und beruhigte sich langsam. Letoa betrachtete sie lächelnd. „Na, wie findest du meine Art?"

„Nicht schlecht", sagte Carol. Aber wir brauchen natürlich einen Vergleich." Sie stützte sich auf den Ellbogen. „Mach dich auf was gefaßt, jetzt versuchen wir es auf meine Art."

13

Leota steckte bis zu den Ohren in der Untersuchung des Rackham-Falls, deshalb brachte Jill am Sonntagnachmittag Carol nach Quantico zurück. Die Hoffnung des FBI, die Entdeckung des Leichnams vorläufig geheimzuhalten, hatte sich zerschlagen. Am Sonntagmorgen brachte jeder Sender in den Nachrichten Bilder des einsamen Landstrichs, wo Rackhams Leichnam gefunden worden war. Die Kinder, die ihn entdeckt hatten, genossen ihren fünfzehnminütigen Ruhm; der britische Premierminister hatte in einer Pressekonferenz sein Entsetzen und seine Fassungslosigkeit geäußert; und Spekulationen, die diverse Medien schon bei Rackhams Verschwinden verbreitet hatten, wurden nun in leicht veränderter Form dem Publikum erneut serviert.

Wie vorauszusehen, wurde Sir Richards Frau von der Presse als Freiwild betrachtet, und es war ihr nicht gelungen, einem Reporter und Fotografen zu entkommen, die sich als Hotelpagen Zugang zu ihrem Zimmer verschafft hatten. Außer sich vor Zorn hatte Jill Michele zu sich in ihre Suite genommen, wo sie geschützt war und fast den ganzen Tag verbrachte.

Auf dem Freeway herrschte dichter Verkehr, der Jills Aufmerksamkeit beanspruchte, und da ihr sichtlich nicht nach Reden zumute war, fuhren sie schweigend zurück. Carols Gedanken überschlugen sich: Die Nachrichten über Sir Richards Tod; die mögliche Mittäterschaft seiner Frau; die zum Glück fehlgeschlagene Attacke vor dem Restaurant gestern abend, die Jill durchaus hätte verletzen oder töten können; Mike Yenchs Tod, der im Licht dieses Mordes vielleicht doch kein Unfall gewesen war.

Und über all das schoben sich natürlich die Bilder von Leota, die Carol vor die Augen fielen: Die Gefühle, Gerüche, sinnlichen Wahrnehmungen ihrer Liebe gestern nacht. War Leotas Art quälend bedächtig gewesen, so war Carols leidenschaftlich wild. Sie grinste, als sie an das total zerwühlte Bett nach dieser turbulenten Nacht dachte.

Am Morgen hatten sie schweigend und völlig verausgabt miteinander gefrühstückt. Carol hatte Leota nicht gefragt, ob es eine wichtige Person in ihrem Leben gab. Wenn sie sich entschlösse, es ihr zu sagen, fein, aber Carol hatte für sich entschieden, die Sache locker zu sehen. In ihren engen Beziehungen hatte sie großes Glück und tiefen Schmerz erlebt. Diesmal sollte es leicht, lustvoll und unkompliziert sein – jedenfalls im Moment. Sollte sich mehr daraus entwickeln, würde sie sich später damit befassen.

Vor der Akademie stieg Jill aus dem Wagen und umarmte sie. „Ab in die Schule, Carol."

Carol seufzte. „Ja, leider, aber ich glaube, ich bin lieber hier als in Washinghton."

Jill verzog das Gesicht. „Es ist ziemlich rauh dort, aber es wird noch rauher. Hal fliegt morgen nach LA zurück, und weil das FBI darauf besteht, daß Michele sich in Washington zur Verfügung hält, bleibe ich erst mal bei ihr." Sie blickte Carol hoffnungsvoll an. „Also, wenn es dir langweilig wird oder du mal einen Tag frei bekommst, freue ich mich, dich zu sehen."

„Abgemacht. Wir haben jedes Wochenende frei, wenn du also am nächsten Samstag noch dort bist, können wir uns treffen."

Jill glitt hinter das Steuer.

„Sei ja vorsichtig", sagte Carol. „Und besonders beim Fahren."

Jill sah zu ihr hoch. „Du denkst an das, was vor dem Restaurant passiert ist, nicht wahr?"

„Ich denke, wenn Hal einen Bodyguard in LA hat, wieso hat er dann hier nicht auch einen?" Durch das Fenster tätschelte sie Jills Schulter. „Soviel dazu, vielleicht war es wirklich nur ein Betrunkener."

Als Jill winkend davonfuhr, fragte sich Carol plötzlich, wieso ihr das nicht schon früher aufgefallen war. Im Dunkeln, und noch dazu von weitem im Regen hätte man Jill mit ihrer neuen blonden Frisur durchaus für Carol halten können. Das war ein ernüchternder Gedanke – daß es womöglich ihr gegolten hatte, nur hatte sie keine Ahnung, warum.

Das Abendessen war für die Gruppe so etwas wie eine informelle Zusammenkunft geworden, alle hatten sich angewöhnt, immer am gleichen Tisch zu sitzen, und auch wenn die Leute anfangs noch die Plätze getauscht hatten, nahmen inzwischen alle die immer gleichen Sitze ein.

Carol wußte, wie absurd das war, trotzdem hatte sie „ihren“ Platz und fühlte sich wie die Eigentümerin.

Sonntagabend hatte etwas Formloses. Der Speisesaal war halbleer und die Essenauswahl begrenzt. Nur vier Leute saßen außer ihr am Tisch – Peter Karfer, Ian Forteys, Nikki Lee und Farid Sukani. Niemand saß auf Mike Yenchs Platz, und der leere Stuhl war nicht zu übersehen.

Carol sah sich am Tisch um. Karfer erzählte Nikki etwas über Eishockey, und sie verhehlte nicht, wie gelangweilt sie war; Sukani schaufelte von seinem beladenen Teller das Essen in sich hinein; Ian Forteys saß zusammengesunken auf seinem Stuhl ihr gegenüber, das Gesicht in mürrische Falten gezogen. Er hatte sich nicht rasiert, und seine Bartstoppeln stachen sehr dunkel aus dem bleichen Gesicht.

Er trommelte mit den dünnen Fingern auf die Tischkante, während er Carol fragte: „Wissen Sie, wo Debra ist? Ich hab' sie eigentlich bereits zurückerwartet.“

„Keine Ahnung. Sie ist mit Agentin Pyke nach Washington gefahren, nicht wahr?“

„Ich habe einen Wagen gemietet und versucht, sie zu finden, aber sie war nicht in dem Hotel, das sie angeblich gebucht hatte.“

Das grenzt ja an Verfolgung, dachte Carol. „Bedaure, da kann ich Ihnen nicht weiterhelfen.“

Er nickte bedächtig mit finsterem Gesicht. „Das hab' ich nicht anders erwartet.“

„Carol!“ Peter Karfer beugte sich zu ihr hinüber. „Was halten Sie davon, daß Rackham seit Wochen schon tot ist? Wer hat ihn umgebracht?“

„Bestimmt haben Sie die Nachrichten gesehen", sagte Carol. „Suchen Sie sich eine Geschichte aus, es gibt ja genug davon."

„Und was denkt Agentin Woolfe?"

„Keine Ahnung."

„Ich denke, sie sollten Mikes Tod noch einmal unter die Lupe nehmen", erklärte Nikki. „Er hat mit Sir Richard in London bei den Drogenkampagnen zusammengearbeitet. Daß jetzt beide tot sind, ist meines Erachtens kein Zufall."

Carol ging sich einen Kaffee holen. Ihr Blick schweifte über den Tisch, während sie sich fragte, aus welchem Grund jemand Yench aus dem Weg geräumt haben könnte. Sukani kannte Yench kaum und kam eher nicht in Frage. Forteys haßte ihn ohne Zweifel, denn er glaubte, daß Yench Debra dazu gebracht hatte, die Beziehung mit Forteys abzubrechen und in London zu bleiben. Nikki lehnte Yench aus dem gleichen Grund ab wie Carol – er hatte sie rüde angebaggert.

Die andere Person, die Grund hatte, Yench etwas anzutun, war Debra Caulfield. Sie schien überzeugt zu sein, daß er sie reinhängte und ihr die Rackham-Sache in die Schuhe schob.

Auf ihrem Rückweg zum Tisch schoß ihr wieder der Gedanke durch den Kopf, daß Yenchs Tod ein Auftragsmord gewesen sein könnte. Natürlich hätte es einiger Planung bedurft, ihn hier in der Akademie zu ermorden, es sei denn – sie grinste innerlich – der Mörder wäre ein FBI-Mann gewesen. Genüßlich malte sie sich ein weithergeholtes Szenario aus: Frank Vertelle als gedungener

Mörder! Das wäre toll, dann wäre sie das Gedröhn dieser irritierenden Stimme los. Nancy Pyke hatte, soweit Carol wußte, keine Beziehung zu Yench gehabt, aber das schloß natürlich nicht aus, daß sie ihm aufgelauert und ihm das Licht ausgeblasen haben könnte. Natürlich könnte es auch ein Agent sein, den sie gar nicht kannte.

Und dann war da noch Leota Woolfe...

Am Montag nahm alles seinen gewohnten Gang. Carol musterte ihre Kolleginnen und Kollegen, die in den Unterrichtsraum schlenderten. Debra Caulfield kam mit Nikki Lee, die ihr in allen Einzelheiten ihr Wochenende am Rehoboth Beach in Delaware beschrieb. Debra hatte gefeixt, als Carol ihr vor dem Frühstück erzählte, Forteys hätte sie vergeblich in Washington gesucht. „Ich wußte es!" sagte sie. „Deshalb hab' ich das Hotel gewechselt."

Neugierig hatte Carol gefragt, wie sie mit Nancy Pyke klargekommen sei, woraufhin Debra die Achseln zuckte: „Sie war ganz nett, aber wir wußten ja beide, daß sie mich nur im Auge behalten und mein Vertrauen gewinnen sollte." Debra hatte ihre tollen Zähne in einem selten offenen Lachen entblößt. „Das erste ist ihr gelungen, das zweite nicht."

Als letzter marschierte Frank Vertelle herein, sein Gesichtsausdruck war abschreckend. Auf seinem Weg nach vorn stellte ihm Harris eine Frage, und Vertelle blaffte ihn schlechtgelaunt an.

Peter Karfer, der beim Frühstück schon so aufgedreht gewesen war, bemerkte laut: „Na, am Wochenende sind Sie wohl nicht zum Zuge gekommen, Vertelle?"

Gelächter ertönte, und Vertelle runzelte finster die Stirn, überging aber Karfers Bemerkung. „Heute morgen werden wir uns mit den neuen Kommunikationstechnologien befassen", schnarrte er monoton.

Vertelles Laune besserte sich im Lauf des Tages nicht. Er pfiff den friedfertigen Sukani an, äußerte sich bissig bei Nikkis witziger Bemerkung über Spionagesatelliten, verhöhnte Karfer öffentlich bei der praktischen Übung mit dem elektronischen Wanzensucher. Am galligsten aber war er Carol gegenüber. Sie hatte keine Ahnung, was ihn zu solcher Animosität provozierte, aber er hatte sie aus irgendeinem Grund auf dem Kieker, und so ließ sie sich zu keinem Temperamentsausbruch hinreißen.

Am Spätnachmittag übergab er den Unterricht an eine Frau, die aussah wie die ideale Lieblingstante. Sie hatte ein süßes Gesicht, graues Haar, eine altmodische Frisur und eine füllige Figur. „Ich bin Hazel Byrd", stellte sie sich vor, und ihre sanfte, freundliche Stimme paßte zu ihrem Ausdruck.

Sie schlug einen Schnellhefter auf. „Nun, gewiß ist Ihnen bewußt, daß die Chancen, bei zwei Menschen ein identisches DNA-Profil vorzufinden, etwa eins zu einhundert Millionen stehen."

Sie erging sich in einer detaillierten Beschreibung der neuesten Entwicklungen bei DNA-Analysen. Rasch wurde allen Anwesenden klar, welche Folgen das für die Gesetzeshüter hatte. „Ein traditioneller DNA-Fingerabdruck erfordert mindestens fünfhundert bis tausend Körperzellen eines Individuums", erklärte sie, „wohingegen bei der neuen Methode eine einzige Zelle genügt."

Sie hielt einen Zeigefinger hoch. „Stellen Sie sich das vor, meine Damen und Herren. Eine einzige menschliche Zelle. Das bedeutet, eine positive Identifizierung kann durch eine Hautzelle auf dem Griff eines Revolvers erfolgen, durch ein einziges Sperma, durch eine Speichelzelle auf einer aufgeklebten Briefmarke, durch die Zelle einer Schuppe vom Haar eines Täters."

Sie strahlte ihr Publikum an. „Wie ich sehe, verstehen Sie, wie bedeutend das bei der Verbrechensaufklärung ist. Im Fall einer Gruppenvergewaltigung, beispielsweise, bringt uns die alte Methode nicht weiter, da eine Mixtur von Samen mittels DNA nicht typisiert werden konnte. Mit dieser neuen Methode aber lassen sich einzelne Spermazellen separieren und testen, so daß jedem, der in die Vergewaltigung involviert war, eine Tatbeteiligung nachgewiesen werden kann."

Sie fuhr fort, im Detail zu erklären, wie eine einzelne Zelle ihre DNA reproduzierte, bis es ausreichte, die sieben genetischen Merkmale zu identifizieren, die den unverwechselbaren genetischen Fingerabdruck ausmachten.

Carol unterdrückte ein Gähnen. Sie hatte schlecht geschlafen, und im Raum war es stickig. Fast unwiderstehlich fielen ihr die Augen zu, und sie kämpfte mit aller Macht dagegen an. Einen Moment lang döste sie tatsächlich und schreckte hoch, als Vertelle vergräzt das Unterrichtsende verkündete. Carol raffte ihre Sachen und stand auf, um zu gehen.

„Nun, Ashton", sagte Vertelle laut. „Das war ja wohl sichtlich zu hoch für Sie, da Sie den Unterricht größtenteils verpennt haben."

Jetzt reichte es Carol. „Was, genau, ist Ihr Problem?"

Sein hageres Gesicht lief rot an. „Mein Problem ist, daß ich mich mit so zweitklassigen Leuten herumschlagen muß, wie Sie es sind."

Carol starrte ihn an, schwer in Versuchung, genau das zu sagen, was sie dachte, wollte sich aber nicht vor den fasziniert abwartenden Kolleginnen und Kollegen zu einem Schlagabtausch hinreißen lassen.

„Sie alle können gehen", bellte Vertelle. „Dies ist eine Sache zwischen Ashton und mir."

„Wissen Sie, wie albern Sie klingen?" fragte Carol.

Jemand lachte, und Vertelles Gesicht wurde noch dunkler. „Raus hier." Er gestikulierte wild. Dann zeigte er mit dem Finger auf Carol. „Sie nicht."

Carol stand da, die Hände auf die Hüften gestützt, während alle anderen den Raum verließen. Peter Karfer, als letzter, fragte Carol: „Möchten Sie, daß ich hierbleibe?"

„Nein, Peter, ist schon in Ordnung."

Als sich die Tür schloß, trat sie auf Vertelle zu. Sie kannte sämtliche Schlichtungsmethoden, mit denen sie die Situation hätte entschärfen können, aber sie wäre verdammt, wenn sie sich derer bediente. „Warum Sie mich herauspicken, übersteigt meine Vorstellung", sagte sie, „aber Sie sollen wissen, daß ich das ganz und gar nicht schätze. Ich erwarte ein professionelles Verhalten von Ihnen und nicht, daß Sie mich anblöken, als sei ich ein Schulkind."

„Sie halten sich wohl für was ganz Besonderes, wie?" höhnte er. „Ich kenne solche Typen wie Sie."

„Typen wie mich? Was soll das heißen?"

„Glauben Sie nicht, ich wüßte nicht, daß Sie versuchen, meine Autorität zu untergraben. Mit wurde zugetragen, was Sie über mich gesagt haben."

Carol seufzte in sich hinein. Vertelle hatte offensichtlich nicht alle beisammen und war auf einem total paranoiden Trip. „Ich habe überhaupt nichts gesagt", erklärte sie, obwohl sie wußte, daß er ihr ohnehin nicht glaubte.

„Ich werde einen formalen Bericht schreiben", zischte er und kniff die Augen zu Schlitzen zusammen.

„Gut", sagte Carol. „Tun Sie das."

Draußen fand sie etliche Leute vor. Ian Forteys tätschelte ihr mitfühlend den Arm. „Wir alle stehen hinter Ihnen", sagte er. „Keine Sorge."

Die anderen murmelten zustimmend. „Sie sollten es Agentin Woolfe sagen", bemerkte Karfer mit schlauem Lächeln. „Ich bin sicher, sie wird sich um Sie kümmern."

Carols Gesicht versteinerte bei dieser Anspielung, doch sie beschloß, daß ihr eine unerquickliche Auseinandersetzung am Tag reichte, deshalb schob sie den Gedanken beiseite, Karfer bei erstbester Gelegenheit zu stecken, daß sie höhnische Bemerkungen weder über Leota noch über sonst wen oder was dulden würde.

„Ich danke Ihnen allen für die Unterstützung", sagte sie, „aber bis morgen wird sich bestimmt der ganze Rauch verzogen haben."

„Ich hätte ihm in die Eier getreten", sagte Debra so wütend, daß alle sie verblüfft anstarrten.

Forteys grinste spöttisch. „Vorausgesetzt, er hat welche."

14

Das Laufen am Dienstagmorgen war für Carol ein großer Genuß. Die kühle Luft war wie Wein, der Sonnenaufgang spektakulär, und sie fühlte sich in perfekter Harmonie mit der Schwerkraft, sie lief so mühelos, daß sie das Gefühl hatte, den ganzen Tag weiterlaufen zu können.

Die jetzige Erfahrung war das genaue Gegenteil von gestern, als Vertelles ungerechtfertigte Attacke sie den ganzen Abend gewurmt hatte. Sie war lieber für sich geblieben und hatte genug von den anderen, deshalb hatte sie vor dem Zubettgehen noch einen strammen Spaziergang gemacht, wobei ihr dauernd durch den Kopf ging, was sie Vertelle das nächstemal sagen würde.

Der Morgen war so wundervoll, daß sie länger lief als sonst, und als sie zu ihrem Schlafraum zurückkehrte, waren die Mitbewohnerinnen bereits aufgestanden und angezogen. Sie schnappte sich Badetuch, Seife und Kulturtasche, um rasch zu duschen, aber die Kulturtasche kam ihr merkwürdig schwer vor, so daß sie stutzte.

„Was ist das?" fragte Robyn gähnend. Sie gehörte zu den vier Frauen im Schlafraum, die an dem elfwöchigen Standardlehrgang des FBI teilnahmen.

„Ich weiß nicht", sagte Carol verwundert. „Ich hab's eben in meiner Kulturtasche gefunden – ausgerechnet."

Robin untersuchte den dünnen schwarzen Zylinder in Carols Hand. „Ich weiß, was das ist“, erklärte sie. „Ein ausziehbarer Schlagstock. Er ist fast einen halben Meter lang.“

Carol musterte das Ding in ihrer Hand, befingerte es und zog es dann auseinander. Sie hatte schon ausziehbare Schlagstöcke gesehen, die sich bequem in der Tasche oder in einem Halfter tragen ließen, aber noch nie ein so edles Stück. Es war aus irgendeinem synthetischen Material hergestellt und hatte eine mattierte Oberfläche. Sie wog es in der Hand. Das wäre kein übler Nachtstock, der Schaft geschmeidig genug, um jemandem einen schmerzhaften, sogar tödlichen Schlag zu versetzen.

„Ein Geschenk von einem heimlichen Verehrer?“ fragte Robyn.

„Ich habe keine Ahnung“, erklärte Carol grübelnd. Vielleicht sollte das hier ein Scherz sein, nur leider kapierte sie ihn nicht.

Debra kam aus dem Bad. „Was ist das?“

Carol zeigte ihr den Schlagstock. „Der gehört wohl nicht Ihnen, oder?“

„Hab’ ich noch nie gesehen.“

Carol glaubte, daß er versehentlich in ihrer Tasche gelandet war und fragte herum, doch keine erhob Anspruch darauf. Sie überlegte, was sie damit tun sollte, schließlich schob sie das Ding zusammen und stopfte es in ein Reißverschlußfach ihres Koffers.

Gleich beim Betreten des Speisesaals merkte Carol, daß etwas passiert war, denn es lag eine merkwürdige Spannung im Raum, die Gespräche waren gedämpft. Sie brauchte nur einen Moment zu warten, bis Karfer ihrer ansichtig wurde und herbeieilte. „Carol, Sie werden nicht glauben, was passiert ist. Vertelle ist tot."

Völlig entgeistert starrte sie ihn an. „Was ist geschehen?"

„Ich weiß nur, daß man ihn auf dem Rücksitz seines Wagens gefunden hat."

„Wahrscheinlich Selbstmord", sagte Debra, die sich mit Nikki zu ihnen gesellte. „Oder, da Vertelle so eine Giftspritze war, vielleicht hat sich sein Körper schließlich einfach selbst zerstört."

Plötzliche Stille trat ein, als eine Reihe konservativ gekleideter Leute, Nancy Pyke vorneweg, hereinmarschiert kam. „FBI-Agenten im Anmarsch!" sagte Karfer. „Wenn es um einen der ihren geht, sind sie Bullterrier."

„Pit Bulls in den Staaten", korrierte Nikki. „Merken Sie sich das, Pete."

Nancy Pykes Stimme klang durch den Lautsprecher: „Meine Damen und Herren, ich bitte um Aufmerksamkeit. Bitte, beenden Sie Ihr Frühstück um Viertel nach acht. Dann begeben Sie sich direkt zum Unterrichtsraum Ihrer ersten Stunde. Bis auf weiteres ist es niemandem gestattet, ins Wohngebäude, in die Schlaf- oder sonstigen Räume zurückzukehren."

Nach dieser Anweisung brach ein Tumult aus. Jemand rief: „Und was soll das Ganze?"

„Es hat einen Todesfall gegeben", erklärte Agentin Pyke. „Man wird Sie fragen, ob Sie Einwände gegen eine Durchsuchung Ihrer Sachen haben."

„Schon haben Sie Ihre Antwort", sagte Nikki. „Vertelle hat nicht Selbstmord begangen – er wurde ermordet."

Pyke höchstpersönlich betrat den Unterrichtsraum. Ihre vierschrötige Gestalt schien eine geradezu stählerne Entschlossenheit auszustrahlen. Sie musterte die Anwesenden, als wären sie zu taxierende Objekte. Dann sagte sie: „Frank Vertelle wurde gestern nacht umgebracht. Es war weder Selbstmord noch ein Unfall. Wir haben Grund zu der Annahme, daß jemand aus diesem Kurs etwas damit zu tun hat."

Sie wartete, bis die Reaktion auf diese Erklärung abklang. „Sie werden einzeln vernommen, und bei dieser Vernehmung wird man Sie fragen, ob Sie mit der Durchsuchung Ihrer Sachen einverstanden sind."

Carol erfaßte ein großer Schreck. Der Schlagstock, den man ihr untergeschoben hatte, war ein zu auffälliger Zufall. Bei ihrer Vernehmung würde sie es als erstes erwähnen.

„Carol Ashton", sagte Agentin Pyke, „Sie sind die Erste."

Nancy Pyke, unterstützt von einem Agenten, den sie als Thomas Urday vorstellte, führte selbst die Vernehmung durch. Die fand im selben Raum statt wie die bezüglich Mike Yench. Carol starrte auf die Spiegelwand und fragte sich, ob Leota sich dahinter befand oder noch immer in Washington war. Sie hoffte inbrünstig auf ersteres.

Dann blickte sie zu der an die Wand montierten Kamera auf, das rote Lämpchen leuchtete, die Kamera zeichnete auf. „Ehe wir anfangen“, sagte Carol, „will ich Ihnen mitteilen, daß ich heute morgen in meinen Sachen etwas Merkwürdiges gefunden habe, und ich habe keine Ahnung, wie es da hineingekommen ist.“

Nancy Pyke zuckte nicht mit der Wimper. „Gestatten Sie uns, Ihre Sachen zu durchsuchen?“

„Selbstverständlich, aber ich möchte erklären – “

„Erklären können Sie später. Würden Sie uns jetzt sagen, wo Sie gestern gewesen sind?“

„Den ganzen Tag?“ Mit einem Lächeln versuchte Carol, einen persönlichen Kontakt zu Agentin Pyke herzustellen. Bei ihren eigenen Vernehmungen hatte Carol oft beobachtet, daß Verdächtige versuchten, sie für sich zu gewinnen. Sie hatte keine Bedenken, genau das jetzt selbst zu tun, obwohl ihr durchaus bewußt war, daß die FBI-Agentin genau wußte, was sie damit erreichen wollte.

„Den ganzen Tag“, sagte Pyke mit unbewegter Miene.

Mit rasanter Geschwindigkeit entwickelte sich hier ein Alptraum. Carol schilderte, was sich am Vortag abgespielt hatte, und gab zu, daß es am Ende des Unterrichts zu einer verbalen Konfrontation mit Vertelle gekommen war.

Sie wurde gebeten, ihren weiteren Tagesablauf von diesem Punkt an zu schildern. Carol lag die Frage auf der Zunge: „Wann war der Zeitpunkt seines Todes?“ Aber sie wußte, daß Pyke ihr nie und nimmer einen Hinweis gäbe, für wann sie ein Alibi benötigte.

Außer beim Abendessen hatte Carol die Gegenwart der anderen nach dem Unterricht gemieden. Sie hatte eine Weile im Gemeinschaftsraum ferngesehen, zusammen mit ein paar Leuten, die sie nicht kannte, und dann ihren Spaziergang gemacht, ehe sie zu Bett gegangen war.

„Bei Ihrem Spaziergang“, sagte Urday, und er klang, als zweifle er daran, „welchen Weg haben Sie da genommen?“

„Ich gehe fast jeden Abend spazieren, wenn es nicht allzu kalt ist.“

„Ihren Weg gestern abend, bitte.“

Carol erklärte, daß sie erst in Richtung Bibliothek gegangen war, dann im Bogen um die Verwaltungsgebäude herum und zurück zu ihrem Wohnblock.

Es klopfte an der Tür, dann wurde geflüstert, und Agentin Pyke verließ den Raum. Kurz darauf kam sie zurück. „Stehen Sie bitte auf.“

Carol stand auf und hörte sich völlig fassungslos an, wie Nancy Pyke ihr ihre Rechte vorlas, wie es bei jeder Verhaftung Vorschrift war. Urday packte ihre Hände und schloß die Handschellen in ihrem Rücken.

„Sie verhaften mich?“

„Wegen Mordes an FBI-Agent Frank Vertelle.“

15

Eine Stunde später saß Carol noch immer auf ihrem Stuhl im Vernehmungsraum, ihre Schultern schmerzten von der ungewohnten Haltung beim Sitzen, zu der die auf dem Rücken gefesselten Hände sie zwangen.

Anfangs hatte sie protestiert. „Weshalb die Handschellen? Sie sind doch zu zweit. Und außerdem geht von mir keine Gefahr aus."

Nancy Pyke hatte grimmig gelächelt. „Erzählen Sie das Vertelle und Yench."

„Mike Yench? Mit seinem Tod hab' ich nichts zu tun."

„Ein Zufall, meinen Sie also?" hatte Pyke bemerkt. „Zwei Männer tot in nicht mal einer Woche, beide infolge von Kopfverletzungen. Hätten Sie es bei Yench belassen, wären Sie womöglich damit durchgekommen, aber jetzt –"

„Ich habe weder mit dem einen noch mit dem anderen zu tun!"

Sie hörte den leidenschaftlichen beteuernden Unterton in ihrer Stimme, und dabei fielen ihr all die Verdächtigen ein, die sie verhört und die ebenso aufrichtig ihre Unschuld beteuert, sich dann aber später als schuldig erwiesen hatten.

Carol hatte erklärt, wie sie den kleinen schwarzen Zylinder in ihrer Kulturtasche gefunden und darüber mit Robyn gesprochen hatte, die ihn als ausziehbaren Schlagstock identifizierte.

Unbeeindruckt bemerkte Nancy Pyke: „Eine Tarnungsgeschichte für den Fall einer Durchsuchung." Sie beugte sich vor. „Die Waffe wurde an unser Labor in Washington geschickt", sagte sie hart. „Zusammen mit der Kleidung, die Sie angeblich getragen haben. Wenn Sie bei der gestrigen Lektion aufgepaßt haben, Ashton, werden Sie wissen, daß kleinste Spuren der DNA identifiziert werden können, selbst wenn versucht wurde, die Waffe zu säubern. Ich erwarte den Nachweis von Spuren der beiden Opfer." Sie lehnte sich zurück. „Und mit Ihren Fingerabdrücken auf dem Totschläger ist der Fall klar."

„Ich habe Ihnen erklärt, daß ich das Ding in der Hand hatte."

„Sie haben für alles eine Erklärung, nicht wahr, Ashton? Als nächstes werden Sie sagen, daß man Ihnen die Sache unterschiebt."

Genau das dachte Carol, aber nun klang es selbst für ihre Ohren schwach. Mit wachsendem Schrecken wurde ihr klar, daß wahrscheinlich jemand ihr nicht nur mit Absicht die Sache angehängt, sondern es auch noch äußerst erfolgreich getan hatte. Für keinen der Todesfälle hatte sie ein wasserdichtes Alibi, und sie bezweifelte nicht, daß die DNA-Analyse der Spuren auf dem Totschläger sich als positiv erweisen würden.

„Ich möchte einen Anwalt", sagte sie.

„Nennen Sie uns den Namen."

„Hal del Bosco."

Nancy Pyke verzog die Lippen. „Hal del Bosco, sieh mal an. Wenn Sie Geld genug haben, können Sie sich Ihre Freiheit kaufen, egal was Sie tun. Sie haben wohl eine Menge Geld, Ashton, hm? Und das werden Sie brauchen."

Damit nickte sie Urday zu, die beiden gingen hinaus und ließen Carol allein.

Das war eine Methode, die Carol selbst oft angewendet hatte. Man überließ das Subjekt sich selbst, es hatte nichts zu tun, nichts zu reden, nichts außer Zeit zum Überlegen, was schlimmstenfalls geschehen konnte. Angst und Schrecken, schließlich Panik befiel den Verdächtigen, während langsam die Zeit verstrich. Dann stellten sich Hunger und Durst ein, die Notdurft – all dieser zusätzliche Druck, der darauf abzielte, einen Verdächtigen mürbe zu machen.

Carol starrte auf ihr Spiegelbild. Sie wirkte erstaunlich gelassen in Anbetracht der Angst und des Entsetzens, die sie erfüllten. Sie wußte, daß sie hinter dem Spiegel beobachtet wurde, und unterdrückte die kindische Anwandlung, denen eine Fratze zu schneiden. Vielleicht tranken sie gerade Kaffee. Sie schluckte bei der Vorstellung und konnte die heiße coffeinhaltige Flüssigkeit beinahe schmecken.

Wo war Leota? Gewiß nicht hinter dem Spiegel, um Carols Vernehmung zu beobachten. Carol biß sich auf die Lippen und wünschte sich mit aller Kraft, daß Leota hereinkäme. Aber die war natürlich noch in Washington, wo sie bis über beide Ohren in der Untersuchung des Rackham-Falls steckte.

Die Minuten schlichen dahin. Carol hatte das Gefühl,

als sei ihr der Raum total vertraut – die nackten Wände, der an den Boden geschraubte praktische Metalltisch, die steifen Schalen der beigen Kunststoffstühle, all das angestrahlt durch grelles Licht aus vier Leuchtstoffröhren an der Decke. Weil dieser Raum für gewöhnlich als Übungsraum diente, waren Wände und Mobiliar in sehr viel besserem Zustand als die meisten Vernehmungsräume, die Carol gesehen hatte. Und die klimatisierte Luft roch sauber, ohne den Gestank nach Desinfektionsmitteln und Angstschweiß.

Sie zwang sich zur Ruhe und zum logischen Denken. Wer konnte ihr das angehängt haben? Und warum? Offensichtlich jemand, der oder die Zugang zu den Schlafräumen hatte. Debra Caulfield schlief in ihrem Zimmer, doch das mochte nichts heißen. Die Türen waren nie verschlossen, somit konnte jeder Mensch in der Akademie ungehindert ein und aus gehen.

Handelte es sich womöglich um einen üblen Scherz? Vielleicht war der Schlagstock gar nicht die Mordwaffe, und es befand sich keine belastende DNA darauf. Dann brächten die FBI-Labors nichts heraus, und sie würde aus Mangel an Beweisen freigelassen, und jemand würde sich schlimmstenfalls auf ihre Kosten kaputtlachen.

Sie schüttelte den Kopf, denn sie wußte, das Ganze war kein Witz. Was, wenn jemand sie haßte oder sie nur als Ablenkungsmanöver für das FBI herhalten mußte?

Es lief ihr kalt über den Rücken, als sie über die bittere Heimtücke nachdachte, die beiden Fällen zugrunde lag. Wenn Mike Yench vorsätzlich ermordet worden war, dann von einem Täter, der eiskalt vier Tage abwarten konnte und dann den nächsten umbrachte. Und dabei planmäßig zu Werk ging, indem er den Mord jemand anderem unterschob. Sie sah die Gesichter der Lehrgangsteilnehmerinnen und -teilnehmer vor sich. Konnte es jemand von ihnen sein? Jemand, der oder die im Speisesaal gesessen, bei einem Witz mitgelacht, am Unterricht teilgenommen – und dabei die ganze Zeit eine kleine, leicht zu verbergende Waffe bei sich getragen hatte.

Steif von der ungewohnten Haltung, zu der sie die auf dem Rücken gefesselten Hände zwangen, erhob Carol sich und wanderte durchs Zimmer. Sie streckte die Arme mit den enggeschnallten Handschellen um die Gelenke und hatte plötzlich nur noch ein Bedürfnis – die Dinger loszuwerden, egal wie. Die Fessel war ihr unerträglich wie der Gedanke, über das, was sie tat und wohin sie ging, keine Kontrolle mehr zu haben.

„Setzen Sie sich, bitte."

Nancy Pyke war zurückgekehrt. Sie war allein und schloß mit Nachdruck die Tür hinter sich. „Wir wollen uns ein wenig unterhalten, Carol", sagte sie. Sie zeigte auf die Videokamera. „Es bleibt unter uns, nichts davon wird aufgezeichnet."

Bisher hatte Pyke sie „Ashton" genannt. Die Anrede beim Vornamen signalisierte Carol, daß die Agentin die Taktik wechselte.

„Ich glaube nicht, daß ich irgendwelche weiteren Fragen beantworten muß, solange mein Anwalt nicht hier ist", sagte Carol.

Nancy Pyke verzog den Mund zu einem Lächeln. „Wir unterhalten uns ja nur, das ist alles. Danach kann ich

Ihnen vielleicht sogar die Handschellen abnehmen lassen. Und vielleicht möchten Sie einen Kaffee und sich auf der Toilette etwas frisch machen?" Sie hielt inne und ließ dieses Angebot an Annehmlichkeiten einsinken. „Lassen Sie uns also ein bißchen plaudern, ja, Carol? Dann werde ich sehen, was ich für Sie tun kann."

Fast hätte Carol über Agentin Pyke, die plötzlich die Freundlichkeit selbst war, lachen können, aber das Angebot, die Handschellen abzunehmen, war eine überwältigende Verlockung. Und Kaffee...

Sie verdrängte jeden weiteren Gedanken an diese verführerischen Angebote und sagte so vernünftig wie möglich: „Der Totschläger wurde mir untergeschoben. Ich habe ihn nie zuvor gesehen. Sollte er sich als Mordwaffe erweisen, belastet mich jemand mit Vorsatz. Und bevor Sie das fragen, ich weiß weder, wer noch warum."

Pyke nickte freundlich. „Ein interessantes Szenario."

„Ist Ihnen klar, daß nur ein Vollidiot eine Mordwaffe dort verwahren würde, wo man sie mit Leichtigkeit fände, und sie obendrein noch herumzeigt?"

Pyke zuckte die Schultern. „Vielleicht fühlten Sie sich unbesiegbar und glaubten, niemand könnte sich an Ihnen vergreifen, weil das, was Sie getan haben, richtig war." Sie hielt inne, dann fügte sie eindringlich hinzu: „Das haben Sie doch gedacht, nicht wahr? Daß die beiden verdienen zu sterben?"

Carol seufzte. „Ich habe nichts damit zu tun, und abgesehen von dem Totschläger, der mir untergeschoben wurde, gibt es keinen Beweis, der mich mit diesen Todesfällen in Verbindung bringt."

„Wenn ich mich nicht irre, haben Sie in beiden Fällen kein Alibi“, bemerkte Pyke.

„Für welche Zeit wäre das?“ fragte Carol rasch.

„O nein, Carol, das kann ich Ihnen nicht sagen.“ Pyke lächelte nachsichtig. „Das wäre allzu hilfreich.“

Carol reckte die Schultern. Sie dachte daran, daß sie erst vor wenigen Stunden mit solcher Freude durch die kühle Morgenluft gelaufen und sich in Harmonie mit der Natur gefühlt hatte.

Nancy Pyke stützte die Ellbogen auf den Tisch. „Sie können es mir ruhig sagen. Ich verstehe alles, was Männer angeht, und wie sie sind“, sagte sie freundlich.

Es reichte Carol langsam. Die Fragen dieser Frau ärgerten sie, sie hatte von dem Verhör die Nase voll, und mehr als alles andere wollte sie endlich diesen Raum verlassen.

„Unter uns gesagt, ich selbst hätte ihnen oft schon am liebsten den Hals umgedreht“, redete Pyke in vertraulichem Ton auf sie ein.

„Dann sollten Sie vielleicht psychologische Beratung suchen“, riet Carol hilfsbereit.

Pyke richtete sich auf, ihre Augen wurden ganz schmal. „Sie halten sich wohl für witzig, was? Wenn wir Sie erst in den Knast stecken, wird Ihnen das Lachen vergehen. Eher werden Sie weinen – würde ich sagen –, oft sogar. Eine Frau wie Sie – die werden Sie verschlingen.“

Carol lehnte sich zurück, wenn sie gekonnt hätte, hätte sie die Arme verschränkt. „Ich glaube, unsere Plauderei ist beendet“, sagte sie.

„Es war deswegen, weil Sie lesbisch sind, nicht wahr? Eine oberschlaue, männerhassende Lesbe. Die Männer sind Ihnen ein Dorn im Auge, Sie möchten sie vernichten. Yench hat Sie angemacht, und Sie waren empört, außer sich."

Die Agentin wurde immer lauter, je mehr sie in Fahrt kam. „Hat er Sie ausgelacht, Ashton? Sie mit Schimpfworten runtergemacht? Das konnten Sie nicht ertragen, und es reichte nicht, ihm die Kniescheibe zu zertrümmern, was? Später haben Sie ihn gefunden und ihm eins übergezogen, so fest Sie konnten, und es dann als Unfall erscheinen lassen."

Mit steinernem Gesicht starrte Carol sie an. Pyke sprang auf. „Frank Vertelle war mein Kollege und Freund. Ich kenne seine Frau und seine Kinder zu Hause in Atlanta. Ich werde nicht eher ruhen, bis Sie für seinen Mord gezahlt haben."

Carol zog die Augenbrauen hoch. „Und mein Motiv lautet...?"

„Jeder im Kurs hat den erbitterten Streit gehört, den Sie mit Agent Vertelle hatten. Noch ein Mann, der Sie gedemütigt und seine Überlegenheit ausgespielt hat. Der erste Mord schien folgenlos zu bleiben, deshalb lauerten Sie ihm auf und schlugen ihm den Schädel ein. Sie waren außer sich vor Wut. Wie oft haben Sie zugeschlagen? Dreimal? Viermal?"

Sie wartete, doch Carol sagte kein Wort. Wesentlich freundlicher fuhr Nancy Pyke fort: „Warum geben Sie es nicht zu, Carol? Und ersparen uns den ganzen Ärger? Es wird für Sie zu Buche schlagen. Bestimmt wirkt es sich strafmildernd aus."

Scheißdreck!

Die Reaktion war so spontan, daß Carol einen Moment glaubte, sie hätte es laut gesagt. Offensichtlich stand es ihr ins Gesicht geschrieben, denn Nancy Pyke funkelte sie an. „Wenn Sie nicht kooperieren, kann ich nichts für Sie tun. Ich werde veranlassen, daß man Sie inhaftiert, solange unsere Untersuchung dauert."

Die Tür ging auf, und Agent Urday steckte den Kopf herein. „Kommen Sie einen Moment?" fragte er Pyke.

Die funkelte Carol noch einmal an, ehe sie den Raum verließ.

Wieder wartete Carol lange, sie wanderte umher, setzte sich, stand auf und ging wieder auf und ab. Sie stellte sich vor, wie es erst in einer Gefängniszelle mit offenem Klo und harter Pritsche wäre. Hätte sie die für sich allein oder müßte sie sie womöglich mit einer oder mehreren Frauen teilen? Sie konnte sich die Gitter, den nackten Zementboden, die Geräusche, Gerüche und das Fehlen jeglicher Privatheit vorstellen. Plötzlich erschien ihr die Schlafsituation hier in der Akademie durchaus akzeptabel.

Der nächste Gedanke mußte zahllosen Verdächtigen auch durch den Kopf gegangen sein: *Daß mir das passiert, kann einfach nicht wahr sein.*

Sie machte ein paar Kniebeugen und war froh, daß sie zumindest ohne Fesseln gehen konnte. Sie erinnerte sich an Bilder in den Nachrichten, wo Verbrecher an den Füßen gefesselt waren, so daß sie nur Trippelschritte machen konnten. Manche trugen Handschellen mit Ketten, die an einem Metallgürtel befestigt waren. Aber so etwas trugen wohl nur Schwerverbrecher, denen man einen Ausbruchsversuch zutraute – nicht eine wie sie.

Sie befand sich in gar keiner günstigen Lage und rang mit einem System, das sie nicht wirklich durchschaute. Der Gedanke an Hal del Bosco war ihr ein Trost. Hal würde wissen, was zu tun war. Vielleicht war er inzwischen schon wieder in Los Angeles, aber er kannte gewiß jemanden, der ihn vertreten konnte und ihre Interessen wahrnahm. Carol hatte eine eher verschwommene Vorstellung vom amerikanischen Rechtssystem – sie wußte, daß die Ermordung eines FBI-Agenten eine Attacke auf den Staat war. Aber bestand die Möglichkeit, in einer solchen Situation gegen Kaution freizukommen? Und wäre sie imstande, die aufzubringen? Sie hatte von unglaublich gigantischen Summen gelesen, die prominente Verdächtige in diesem Land aufbringen mußten, um freizukommen.

Sie wirbelte herum, als sie hinter sich die Tür gehen hörte. Urday kam herein. „Ihre Hände, bitte."

Carol blickte über ihre Schulter und wagte kaum zu glauben, daß er ihre Handschellen aufschloß.

„Vielen Dank", sagte sie und massierte sich die Gelenke.

„Bedank dich nicht bei ihm", sagte Leota in der Tür. „Bedank dich bei mir."

16

Carol hielt den Plastikbecher in beiden Händen. Die Wärme tat ihr gut, und der Kaffee war ein Genuß. Die Kantine war fast leer, und sie und Leota saßen an einem Tisch in der Ecke, so weit wie möglich von den anderen entfernt.

Leota spielte mit dem Würfelzucker. „Nancy Pyke hat ihre Befugnisse überschritten."

„Zum Glück rangierst du höher als sie."

„Das stimmt zwar, Carol, aber es ist vielleicht nur ein momentaner Aufschub."

Das überraschte Carol nicht, trotzdem gab es ihr einen Stich. „Du glaubst, ich werde wieder verhaftet, sobald die Labortests der Mordwaffe abgeschlossen sind?"

„Schon möglich, vor allem wenn Vertelle mit dem Totschläger umgebracht wurde."

„Da bin ich sicher", erklärte Carol. „Warum sonst hat man mir das Ding untergeschoben?" Sie strahlte Leota an. „Noch nie in meinem Leben habe ich mich so gefreut, jemanden zu sehen. Woher wußtest du, daß Pyke mich verhaftet hat?"

„Ich war auf dem Rückweg nach Quantico, als ich die Nachricht auf meinem Handy erhielt."

„Agentin Pyke hat dir gesagt, was sie tat?"

Auf diese Bemerkung erfolgte spöttisches Lachen.

„Wohl kaum. Nancy ist zu ambitioniert, um irgendwen wissen zu lassen, was sie vorhat. Sie war entschlossen, dich zu brechen und dann all die Lorbeeren zu kassieren, dafür daß sie den Mord an einem FBI-Agenten aufgeklärt hat. Das hätte ihrer Karriere sehr gut getan, aber leider hast du nicht kooperiert."

„Wer hat es dir gesagt?"

Leota runzelte die Stirn bei soviel Hartnäckigkeit. „Nikki Lee war es."

„Sie ist ein Spitzel."

Leota streckte sich auf ihrem Stuhl und unterdrückte ein Gähnen. „Entschuldige, ich habe kaum geschlafen. Was Nikki betrifft, solltest du lieber froh sein, daß sie mich kontaktiert hat. Ich wollte noch diverse Besorgungen machen, aber nach ihrem Anruf bin ich direkt hierhergefahren."

Nachdenklich besah Carol ihre Handgelenke, die feine rote Striemen aufwiesen, wo die Handschellen gesessen hatten. „Ich denke mit Schrecken daran, wie lange ich dort gesessen hätte, wenn du nicht gekommen wärst."

„Tut mir leid, daß du so lange dort sitzen mußtest, aber als ich herkam und herausfand, daß die vermeintliche Mordwaffe in deinem Koffer entdeckt wurde, habe ich selbst ein wenig nachgeforscht. Es wird dich freuen zu hören, daß deine Mitbewohnerin Robyn Talus ausgesagt hat, sie habe gesehen, wie du den Totschläger entdeckt hast und ihrer Einschätzung nach total überrascht warst. Ich denke, er ist vorher sauber abgewischt worden, deshalb ist es ganz hilfreich, daß Robyn auch sagte, du seist die Einzige gewesen, die sie das Ding berühren sah, was deine Fingerabdrücke darauf erklärt."

Carol sah die Szene noch einmal vor sich. „Da waren noch andere, zum Beispiel Debra Caulfield. Sie kam aus der Dusche und sah mich damit hantieren."

„Debra bestätigte, daß sie den Totschläger gesehen hat, aber sie sagte auch, sie hätte den Eindruck gehabt, du seist mit der Waffe vertraut."

„Vertraut?" Carol sah sie scharf an.

„So wie du sie gehalten und ausgezogen und zusammengeschoben hast, ehe du sie wegstecktest."

„Klingt ja nicht so, als ob sie versucht hat, mir zu helfen, nicht wahr?"

Leota legte den Kopf schief. „Sichtbarlich nicht."

„Ich muß alles wissen, was du mir über die beiden Todesfälle sagen kannst."

„Carol, du wirst hier nicht die Detektivin spielen. Du befindest dich außerhalb deiner Liga, außerhalb deines Landes."

„Gott!" rief Carol aufgebracht. „Zufällig stehen mein Leben und meine Freiheit hier auf dem Spiel. Also enthalte mir nichts vor."

Leota hob die Hand. „Schon gut, schon gut. Du hast gewonnen."

Nach dem Gespräch mit Leota rief Carol in Jills Hotel an, um die Nummer von Hals Kanzlei in Los Angeles zu erfragen, wobei sie Jill lediglich sagte, daß sie seinen Rat brauche. Sie wußte, daß Jill sowohl mit Michele Rackhams Gefühlen als auch mit dem Ansturm der Presse zu tun hatte, und wollte ihr nicht noch mehr Sorgen aufbürden.

Als sie die Nummer notiert hatte, erkundigte Carol sich: „Und wie geht es Michele?"

„Sie ist völlig gebrochen. Warte mal eben..." Kurz darauf war Jill zurück. „Ich habe gerade die Tür geschlossen, damit sie uns nicht hört."

„Bestimmt trauert sie sehr. Vielleicht solltest du einen Arzt –"

„Du verstehst nicht. Es geht nicht um Trauer, sondern um Angst. Und um Schuldgefühl." Jill hielt inne, dann fügte sie hinzu: „Carol, ich glaube, daß sie es vielleicht getan hat."

„Was getan hat?"

„Ihren Mann ermordet. Natürlich meine ich damit nicht, daß sie ihn selbst umgebracht hat. Ich meine, daß sie jemanden gedungen hat, es zu tun. Die Identifizierung des Leichnams hat ihr den Rest gegeben. Sie zerbröselt förmlich vor meinen Augen. Und sie hat mir so viele Dinge gesagt, die belastend sind, über den gedungenen Mörder und –"

„Hast du das Hal erzählt?"

„Ja, natürlich. Er sagt mir, halt die Ohren steif und tu gar nichts. Morgen fliegt er hierher."

Als Carol den Hörer auflegte, fühlte sie sich ratlos. Daß Rackhams Frau ihn ermordet haben konnte, war ihr nie als reale Möglichkeit erschienen. Sie sah Micheles herzförmiges Gesicht direkt vor sich, ihre ausgeprägte Nase, ihre linkische Haltung. Sie hatte ihr halbverschlucktes Englisch im Ohr, als sie in Hals und Jills Wohnzimmer zu ihr gesagt hatte: „Die Beamten löchern mich, wissen Sie, aber ich kann mir gar nicht vorstellen, was ich mit ihm getan haben soll." Und dabei hatte sie sich die ganze Zeit offensichtlich haargenau vorstellen können, was mit Sir Richard passiert war, dachte Carol bitter.

Sie rief in Hals Büro an, aber er war nicht da, und so mußte sie sich mit dem Hinterlassen der Nachricht zufriedengeben, er möge sie zurückrufen.

Plötzlich verspürte sie schrecklichen Hunger, weil sie mittags nichts gegessen hatte, und stopfte sich mit Automatenfutter voll. In der Annahme, daß der Unterricht für den Rest des Tages ausgefallen war, begab sie sich in die Bibliothek, wo sie einen abgelegenen Tisch fand. Bewußt mied sie die anderen Kursteilehmerinnen und -teilnehmer, die mit Sicherheit von ihrer Verhaftung und Freilassung erfahren hatten. Sie fühlte sich zu ausgelaugt, um ihre Fragen und Kommentare über sich ergehen zu lassen.

Sie zog ihren Block und den goldenen Stift hervor und legte beides vor sich auf den Tisch. Wäre sie jetzt in Sydney, hätte sie sich mit Mark Bourke zusammengesetzt und auf dem Flipchart eines jener Diagramme erstellt, die er so säuberlich zeichnete. Nun würde sie es eben selbst zu Papier bringen.

Die Zeitpunkte der beiden Todesfälle, die Leota ihr genannt hatte, halfen ihr kaum weiter. Mike Yench war infolge der Gehirnblutung eine Zeitlang bewußtlos gewesen, ehe er starb. Wenn es Mord war – die Autopsieergebnisse wurden noch einmal daraufhin untersucht –, war sein Mörder zum Zeitpunkt seines Todes längst verschwunden, nämlich zwischen neun und elf Uhr abends.

Carol war die letzte gewesen, die ausgesagt hatte, ihn lebend gesehen zu haben, das war gegen sechs Uhr abends gewesen.

Frank Vertelle war bei seinem Auto niedergeschlagen worden, das in einer abgelegenen Ecke auf dem Parkplatz gestanden hatte. Auch wenn die Ergebnisse noch nicht vorlagen, bestand kein Zweifel, daß es Mord war. Man hatte ihm mindestens dreimal mit großer Wucht auf den Kopf geschlagen, ihn dann auf den Rücksitz seines Wagens gepackt und eine Decke aus dem Kofferraum über ihn gebreitet. Vertelle war wahrscheinlich sofort tot gewesen, und aus seiner Körpertemperatur am Tatort ließ sich der Todeszeitpunkt eingrenzen: zwischen sieben und neun Uhr dreißig am Montagmorgen.

„In dieser Zeit bist du draußen gelaufen", hatte Leota bemerkt. „Deshalb war Nancy Pyke sicher, nachdem man die Waffe in deinem Koffer gefunden hatte, du seist die Richtige."

„Gab es viel Blut?"

Sie wußte, das FBI fände kein Blut von Vertelle auf ihren Sachen, deshalb hoffte sie, daß viel Blut geflossen war, so daß der wahre Mörder Spuren davongetragen haben mußte.

Leota hatte den Kopf geschüttelt. „Ich weiß, worauf du hoffst, aber es gab nicht viel Blut. Der Schlagstock ist übrigens aller Wahrscheinlichkeit nach die Mordwaffe. Er ist handlich und tödlich, und der Schlag kann mit großer Wucht auf einen kleinen Bereich konzentriert werden."

Carol nahm ihren Stift. Drei Dinge hatten sich ereignet: Yenchs Tod, der bisher noch immer ein Unfall gewesen sein konnte; der Zwischenfall vor dem Restaurant, von dem Carol annahm, daß sie selbst und nicht Jill gemeint gewesen war; und der Mord an Vertelle.

Das Unterschieben der Mordwaffe hatte sie nicht auf ihre Liste gesetzt, denn das hätte jeder getan haben können. Für eine Frau wäre es leichter gewesen, den Schlafraum zu betreten, aber da die Türen nicht verschlossen waren, konnte jeder Mensch aus und ein gehen.

Welche Verbindung bestand zwischen Yench und Vertelle? Wenn es nicht zwei verschiedene Täter gab, mußten die Morde in einem Zusammenhang stehen. Obwohl Carol durchaus bewußt war, daß der Täter womöglich ein Unbekannter war, der etwas mit Sir Rackhams Drogenschäften zu tun hatte, sagten ihr alle Gefühle, daß der Mörder jemand war, der oder die sie jeden Tag sah. Die Zeitpunkte der beiden Todesfälle ließen die Möglichkeit zu, daß jeder und jede in ihrem Kurs die Gelegenheit dazu gehabt hatte.

Nun listete Carol die Namen in alphabetischer Reihenfolge auf: Debra Caulfield, Ian Forteys, Peter Karfer, Nikki Lee. Nach einigem Nachdenken fügte sie noch Harris und Sukani mit Fragezeichen hinzu, strich sie dann aber wieder durch. Es war zu weithergeholt, sich vorzustellen, daß die anderen vier Kursteilnehmer etwas damit zu tun hatten.

Das Herummalen hatte Carol schon immer beim Denken geholfen, und so begann sie Pfeile und Rechtecke unten auf die Seite zu kritzeln, die sie schraffierte und geistesabwesend ausmalte. Sie unterstrich Debras Namen. Sie hatte ein ausgezeichnetes Motiv, Mikes Tod zu wünschen – die Überzeugung, daß Yench es darauf anlegte, ihr die Verantwortung in der Rackham'schen Drogensache aufzuhalsen. Aber Carol konnte sich partout keinen Grund vorstellen, weshalb es Debra auf sie abgesehen haben konnte, auch wenn sie am vergangenen Wochenende in Washington gewesen war.

Und was Vertelle betraf, hatte Debra genauso wie alle anderen im Kurs seine giftigen Bemerkungen abgekriegt. Vertelle war ein unerquicklicher Zeitgenosse gewesen, doch das ergab wohl kaum ein überzeugendes Motiv für seinen Mord.

Carol sah jetzt Ian Forteys hageres intensives Gesicht vor sich. Auch er hatte ein Motiv, Yench umzubringen. Er hatte offen gesagt, daß er ihn haßte, und hatte ihm die Schuld an dem Bruch seiner Beziehung mit Debra gegeben. Auch er war am Wochenende in Washington gewesen, auf der Suche nach Debra. Aber auch hier stellte sich die Frage: Warum sollte er versucht haben, sie umzubringen? Und was Vertelle anbetraf, war die Situation die gleiche wie bei Debra.

Nun grübelte Carol über den Kurs. Vielleicht war ihr entgangen, daß Frank Vertelle jemanden besonders aufs Korn genommen hatte, mehr als die anderen, aber sie hatte den Eindruck, daß er sein Gift gleichmäßig über alle verspritzt und seine Lehrgangsteilnehmerinnen und -teilnehmer unterschiedslos kritisiert hatte.

Sie wendete sich Peter Karfer zu. Er hatte Yench bei seinem Spitznamen genannt, Magic Mike, und ihn und Debra als seine Freunde vorgestellt. Könnte er sich für Debra interessiert und Yench als Rivalen gesehen haben?

Carol durchforstete ihr Gedächtnis nach einem Blick oder einer Geste, die diese Hypothese stützen könnten, beförderte aber nichts zutage.

Sie kam nicht weiter. Sie legte ihren Stift hin und verschränkte die Hände hinter dem Kopf. Würde Karfer mit dem Auto auf sie losbrausen? Peter machte gemeine Bemerkungen, vor allem über Leota, aber andererseits machte er ähnliche Bemerkungen – die er zweifellos für witzig hielt – über alle anderen auch.

Karfer als Vertelles Mörder? Carol seufzte irritiert. Jedesmal war Vertelle das Problem. Sie hätte darauf gewettet, daß die meisten im Kurs ihn nicht mochten, aber so ein Typ war schließlich keine Seltenheit. Und wenn seine Peitsche über allen niederging, warum sollte sich dann ein Individuum zu mörderischer Wut getrieben fühlen?

Die letzte auf ihrer Liste war Nikki Lee. Carol mochte Nikki, doch das tat nichts zur Sache. Sie hatte schon etliche Mörder gekannt, die sie gemocht hatte, das hatte sie in ihrer gezielten Verfolgung nie beeinflußt. Nikki verabscheute Yench sichtlich, besonders nachdem er sie so übel angemacht hatte, aber das erschien Carol kein ausreichender Grund, ihn umzubringen.

Die Ironie hierbei entging ihr nicht: Nancy Pyke empfand es eindeutig als gutes Motiv für Carol, warum konnte es dann nicht auch für Nikki zutreffen?

Sie erinnerte sich, daß Nikki gesagt hatte, sie hätte das Wochenende irgendwo an der Küste von Delaware verbracht. Wenn das stimmte, konnte sie ihr wohl kaum Samstagabend in Washington vor dem Restaurant aufgelauert haben. Genervt warf Carol den Stift hin. Sie neigte dazu, diesen Punkt aufzugeben und den Zwischenfall doch einem betrunkenen Autofahrer zuzuschreiben.

Sie stellte sich vor, wie Nikki Frank Vertelle den Schädel einschlug. Diese besinnungslose Wut, die es dazu brauchte, paßte so gar nicht zu der Frau, die sie kannte. Carol schnalzte mit der Zunge. Wen kannte sie denn tatsächlich? Abgesehen von Peter hatte sie all diese Leute erst vor wenigen Tagen kennengelernt.

Carol riß die Seite vom Block und ballte sie zusammen. Das hier war Zeitverschwendung. Sie trommelte mit den Fingern auf ihre Lippen, dann strich sie das Papier wieder glatt. Auf die zerknitterte Seite schrieb sie Nancy Pykes Namen, dann zögerte sie und fügte Leota Woolfe hinzu.

Den Zwischenfall vor dem Restaurant bewußt ignorierend, überprüfte sie die beiden Namen in bezug auf die Opfer. Nancy Pyke hatte kein erkennbares Motiv, Yench umzubringen, und sie hatte Carol gesagt, Frank Vertelle sei ein Freund gewesen, was aber nicht unbedingt stimmen mußte.

Und Leota? Carol wußte, daß sie hier wohl kaum unparteilich war, versuchte es aber dennoch. Die Agentin wußte sehr viel über die britischen Kripoleute. Sie hatte dezidiert gesagt, daß Mike Yench bis über die Ohren im Drogenhandel steckte und Debra mit Rackham zu tun gehabt und ihm Tips gegeben hatte. Was, wenn Leota selbst involviert war? Was, wenn Yench davon wußte und sie ihn zum Schweigen gebracht hatte?

Unbehaglich rutschte Carol auf ihrem Stuhl. Solche Gedanken über die Frau, mit der sie Liebe gemacht hatte, behagten ihr ganz und gar nicht – auch nicht wenn sie rein hypothetisch waren. Carol wußte, daß das nicht logisch war, trotzdem fühlte sie sich schäbig, weil ihr der Gedanke gekommen war, daß Leota involviert sein könnte.

Wieder ballte sie das Papier zusammen und warf es entschlossen in den nächsten Papierkorb.

17

Mittwochmorgen war wieder ein kühler, strahlender Tag, und Carol fühlte sich ganz die alte. Gestern abend hatte sie so früh wie möglich gegessen und sich dabei zu fremden Leuten an den Tisch gesetzt, um jeder Unterhaltung aus dem Weg zu gehen. Gewiß hatte sich herumgesprochen, daß sie des Mordes an einem FBI-Agenten verdächtig war, aber niemand sprach sie offen darauf an. Direkt nach dem Essen verließ sie den Speisesaal.

Carol hatte die Nachricht erhalten, daß Hal zu sprechen war, und rief ihn an. Sie berichtete knapp, was ihr passiert war. Hal beruhigte sie und versprach, einen erstklassigen Anwalt in Richmond für sie anzurufen. Carol erwähnte Michele Rackham nicht und er auch nicht.

Sie fühlte sich völlig erledigt und begab sich bald zu Bett. Als die anderen hereinkamen, tat sie, als schliefe sie. Sie achtete nicht auf das Geplauder, bis plötzlich eine sagte, daß es vielleicht klug wäre, den Schlafraum abzuschließen, immerhin habe es bereits zwei Morde gegeben. Darauf antwortete Debra kühl: „Und was ist, wenn wir uns mit der Mörderin einschließen?“

Carol war versucht, sich aufzusetzen und zu fragen: „Meinen Sie mich?“ Sie überlegte es sich anders. Warum sollte sie von Debra Vertrauen und Loyalität erwarten?

Jetzt, im frühen Morgenlicht, fühlte sie sich erfrischt und bereit, sich mit allem zu konfrontieren, was auch immer geschähe. Leota hatte gesagt, daß die DNA-Analyse einige Tage dauern würde, somit glaubte Carol zumindest vorläufig ihre Freiheit nicht in Gefahr.

Als sie nach dem Frühstück ihre Nachrichten abholte, war darunter eine von Hal, die besagte, der empfohlene Anwalt würde sie, wenn nötig, gern vertreten. Erfreulicherweise gab es auch eine Nachricht von Leota, die sie heute abend außerhalb der Akademie in ein kleines Restaurant zum Essen einlud.

Carol hinterließ ein freudiges Ja auf ihrem Anrufbeantworter und begab sich in ihren Kurs.

Elektronische Verbrechen standen als erstes auf dem Programm, und sie hatten einen neuen Kursleiter namens Rob Bane, einen zurückhaltenden Mann mit schüchternem Lächeln, der das absolute Gegenteil von Frank Vertelle war.

„Neunhundert Millionen Menschen benutzen das Internet", begann er. „Können Sie sich die Bandbreite der Verbrechen vorstellen, die auf globaler Basis, anonym und mit großer Geschwindigkeit verübt werden können? Um elektronische Verbrechen bekämpfen zu können, bedarf es einer koordinierten internationalen Reaktion. Zum Teil geht es nicht um neue Verbrechen, sondern vielmehr um neue Methoden des Ausagierens. Abgesehen von Kinderpornografie, Terrorismus, Rassismus, Betrug und Geldwäsche gibt es eine rasante Entwicklung der e-Verbrechen, inklusive Cyberterror und politische wie auch Industriespionage."

Carol versuchte, sich auf die Information zu konzentrieren, doch ihre Gedanken wanderten zu den Leuten ringsum. Sie alle wirkten ermutigend normal. Peter Karfer hatte seine goldgerahmte Brille abgesetzt und rieb sich den Nasenrücken; Debra Caulfields schwarzschimmerndes Haupt war aufmerksam erhoben, während sie sich Notizen machte. Nikki Lee hatte sich breitgrinsend zu Harris gebeugt, der vor ihr saß, und flüsterte ihm etwas zu; Ian Forteys hatte das Kinn auf die gefaltenen Hände gestützt und hörte dem Kursleiter zu.

In der Kaffeepause unterhielt sich Carol mit Nikki und Ian Forteys.

„Wie ich höre, sind Sie verhaftet worden", sagte Nikki, „und dann hat Pyke Sie laufenlassen müssen, das hat ihr wohl ziemlich die Petersilie verhagelt."

„Scheint so", sagte Carol. „Und, Nikki, vielen Dank, daß Sie Leota Woolfe angerufen haben. Das war eine echte Hilfe."

„Sie haben bei uns allen die Zimmer durchsucht", ereiferte sich Forteys, „als wären wir gewöhnliche Schwerverbrecher."

„Wer immer es ist, ist ein ungewöhnlicher Schwerverbrecher." Nikki grinste und legte Carol die Hand auf den Arm. „Und das sind nicht Sie, Carol. Das wissen doch alle." Sie blickte sich verschwörerisch um. „Ich würde sagen, Debra ist die Hauptverdächtige."

„Halten Sie Ihr verdammtes Maul", erboste sich Forteys.

„Ich halte nie mein Maul", erklärte Nikki, „das macht meinen Charme aus."

Er grunzte und trollte sich.

Carol sah ihm nach. „Ian mochte weder Mike Yench noch Vertelle. Warum ist er nicht der Hauptverdächtige für Sie?“

Nikki wedelte wegwerfend mit der Hand. „Er hat doch gar nicht den Nerv dazu.“

„Und Debra schon?“

„O ja“, sagte Nikki. „Debra schon.“ Sie spitzte die Lippen. „Sie schläft doch in Ihrem Zimmer, Carol. Wie einfach wäre es, etwas in Ihre Sachen zu tun.“

„Wissen Sie etwas Konkretes, Nikki, oder vermuten Sie nur?“

„Ich vermute nur, aber gestern, als Sie nicht von der Vernehmung bei Pyke zurückkamen, konnte Debra gar nicht schnell genug herumerzählen, daß sie Sie im Schlafraum mit dem Totschläger herumfuchteln gesehen hatte.“

„Das stimmt, so war es wirklich.“

„Ah“, erwiderte Nikki. „Aber sie sagte es so genüßlich.“

Als Carol in den Unterrichtsraum zurückkehrte, machte sie sich Gedanken über Nikki. Sie war eine so attraktive Persönlichkeit und so witzig. Aber wenn jemand ein Mörder war, ließ sich das auf bessere Weise kaschieren?

Abends um sieben Uhr holte Leota sie ab. Carol lehnte sich in den Sitz zurück und entspannte sich, wobei sie Leotas Profil betrachtete, die zu dem kleinen Restaurant fuhr, das sie entdeckt hatte. Das Essen war gut und einfach. „Echt amerikanisch“, erklärte Leota.

Bei ihrem ersten Glas Wein sagte sie: „Ich habe ein Zimmer in einem Motel gebucht. Ist dir das recht?“

„Absolut." Carol durchzuckte ein Stich vor Erregung. Sie betrachtete die Frau ihr gegenüber und versuchte, die Person, die sie so intim kannte, von ihrer Arbeit als FBI-Agentin zu trennen. „Ich kann mir nicht helfen, ich habe das Gefühl, als ob du mir irgend etwas verbirgst."

„Was dich betrifft, ist mein Ansinnen wohl allzu klar, denke ich."

Carol überging die saloppe Bemerkung. „Warum wurden Debra Caulfield und Mike Yench zu diesem Lehrgang geschickt?"

Leota zögerte, dann sagte sie: „Um sie von der Szene zu trennen, während wir uns in Rackhams Organisation einklinkten."

„Und Nikki Lee?"

„Sie ist hier, um Vertrauen zu erwerben und Informationen zu liefern."

„Über mich?"

„Über alle."

„Und du? Was ist mit dir?"

„Mit mir?" Leota sah sie verdutzt an. „Ich arbeite fürs FBI. Ich hätte gedacht, daß meine Position klar ist."

„Mir ist sie nicht so klar", sagte Carol. „Forschst du Hal und Jill aus?"

Das verschlug Leota sichtlich die Sprache, dann sagte sie: „Wie scharfsichtig du bist, Carol. Es stimmt, ich hatte den Auftrag, etwas über Hal del Bosco und ein paar seiner berüchtigten Klienten herauszufinden, aber ich bin froh, sagen zu können, daß ich zurückmelden mußte, daß nichts von Interesse für das FBI vorlag. Bei Hal ist es so, daß du kriegst, was du siehst."

Carol lehnte sich zurück und starrte sie direkt an. „Ich glaube dir nicht“, sagte sie.

Verärgert erwiderte Leota scharf: „Das hier habe ich nicht nötig. Ich war mit dir so offen, wie ich nur sein konnte – genau gesagt, mehr als ich sollte.“

„Was ist diese Rackham-Sache für dich?“

„Die größte Angelegenheit in meiner beruflichen Laufbahn“, antwortete Leota schlicht.

Carol trank einen Schluck Wein. „Würdest du mich den Wölfen vorwerfen, wenn das hieße, du könntest den Fall dadurch knacken?“

„Ich würde ihnen viele Leute vorwerfen, glaub mir, aber dich nicht.“ Sie legte ihre Hand auf Carols. „Ich möchte, daß du mir glaubst, wenn ich sage, so etwas habe ich noch nie empfunden.“

„Also gibt es da niemand Spezielles in deinem Leben?“

Sie ließ Carols Hand los, lehnte sich zurück und betrachtete sie nüchtern. „Ich hab’ mich schon gewundert, wann du wohl fragst. Die Antwort ist, es gab eine, aber das ist vorbei. Bist du damit zurfrieden?“

Carol lachte sie an. „Im Moment ja.“

Das Motel war nichts Besonderes, aber sauber und gemütlich. „Das Beste, das ich so schnell kriegen konnte“, erklärte Leota. „Kannst du dich damit arrangieren?“

„Wenn du dich ins Zeug legst.“

Leota zu küssen war wie Honig und Zimt, doch mit dem Beigeschmack der Ungewißheit. Carol wußte, daß jede hart erkämpfte Klarheit gefährdet war, aber sie nahm die Gefahr bewußt an. „Du bist fantastisch“, flüsterte sie.

Sie küßten sich, bis nichts anderes mehr existierte.

Ein Geräusch zerstörte ihre Intimität. „Verdammt" Leota wühlte in ihrer Tasche nach dem Mobiltelefon. „Woolfe." Sie lauschte, erklärte dann kurzangebunden: „Ich komme sofort. Rührt euch nicht, bis ich da bin."

Carol sank auf die Bettkante. „Was ist los?"

„Es tut mir leid, aber ich muß weg."

„Es ist Michele Rackham, nicht wahr? Du wirst sie verhaften."

Leota blickte sie stirnrunzelnd an. „Was genau weißt du?"

„Sie hat einen Mörder gedungen, damit er ihren Mann umbringt. Ich denke, daß er ausgepackt hat."

„Mein Gott", sagte Leota, „ich könnte dich tatsächlich lieben, weißt du."

Schweigend fuhr Carol mit dem Taxi zur Akademie zurück. Sie fühlte sich aufgedreht und energiegeladen. Die Gedanken überschlugen sich in ihrem Kopf. Plötzlich verschoben sich die Perspektiven, die Teile fügten sich neu zusammen und eröffneten ihr einen anderen Blickwinkel.

Sie marschierte geradewegs ins Verwaltungsgebäude, wo ein gelangweilter Mann Nachtdienst hatte. „Ich möchte Nancy Pyke sprechen."

„Sie ist nicht hier."

„Es ist dringend. Mein Name ist Carol Ashton. Sie wird mit mir sprechen wollen."

Sie mußte in einem kleinen Büro fast eine Stunde warten, bis Nancy Pyke sichtlich verärgert erschien. Statt ihres sonst so konventionellen Aufzugs trug sie Jeans und Pullover. „Wissen Sie eigentlich, wie spät es ist? Was zum Teufel wollen Sie von mir?“ fragte sie feindselig.

„Sie haben alle zu Agent Vertelle vernommen?“

„Natürlich. Haben Sie mich etwa hergeholt, um mich das zu fragen?“

„Jemand hat ihm zugetragen, ich hätte ihn hinter seinem Rücken kritisiert und seine Autorität untergraben. Wissen Sie, wer das war?“

Der Ärger verschwand aus Nancy Pykes Gesicht. „Das hat Frank mir auch gesagt“, antwortete sie.

„Nannte er einen Namen?“

Sie schüttelte den Kopf. „Nein. Aber wie ich mich erinnere, war es ein Mann. Frank sagte, er hätte sich bis ins Detail darüber ausgelassen, was Sie gesagt haben.“

Ohne wirklich zu erwarten, daß sie Pyke überzeugte, erklärte Carol: „Es ist nicht wahr, daß ich hinter seinem Rücken über Vertelle geredet habe. Jemand hat diesen Streit zwischen uns bewußt inszeniert.“

Nancy Pyke baute sich mit unbewegtem Gesicht vor Carol auf. „Wenn Sie mich auf den Arm nehmen, werde ich Sie aufknüpfen.“

„Während Sie mit mir wertvolle Zeit vergeuden, läuft der Mörder da draußen frei herum.“

„Das würden Sie auch behaupten, wenn Sie schuldig wären.“ Pyke machte auf dem Absatz kehrt und schickte sich an zu gehen. In der Tür drehte sie sich um und sagte sarkastisch: „Und sagen Sie mir Bescheid, wenn Sie diesen legendären Mörder gefunden haben.“

„Morgen“, rief Carol ihr nach. „Morgen werd' ich's Ihnen sagen.“

Sie wußte, daß sie jetzt auf keinen Fall schlafen konnte, deshalb ging sie im Wohnblock in den Gemeinschaftsraum, wo noch ein paar Nachteulen vor dem Fernseher saßen. Geistesabwesend ließ sie die Bilder vor ihren Augen vorbeiflimmern. Ihre Gedanken überschlugen sich. Acht Männer gab es in ihrem Kurs, aber nur zwei davon kamen in Frage, Vertelle in bezug auf Carol belogen zu haben. Ian Forteys und Peter Karfer.

Sie starrte auf die Werbung für einen Online-Broker, während ihr ein Licht aufging. Sie war die Sache falsch angegangen, indem sie gegrübelt hatte, wer Yench und Vertelle haßte. Darum ging es gar nicht, sondern: Wer haßte *sie?* Das Unterschieben des Totschlägers war nicht nur ein schlauer Einfall gewesen, den Verdacht vom wahren Mörder abzulenken, sondern die eindeutige Absicht, Carol den Mord anzuhängen, so daß sie eines Kapitalverbrechens überführt und verurteilt würde.

Die Spätnachrichten liefen bereits, als Carol sich bei den Worten des Sprechers aufrichtete: „Heute abend erfolgte die sensationelle Verhaftung der Witwe Sir Richard Rackhams, ihr wird vorgeworfen, seinen Mord veranlaßt zu haben. Wie wir aus gutinformierter Quelle erfahren, soll ein Mann bei den Behörden ausgepackt haben."

Fasziniert sah Carol, wie Leota eine aschfahle Michele durch die Reihen der Kameras und Reporter abführte.

Am Ende der Nachrichten sah Carol sich um und stellte fest, daß sie die letzte im Zimmer war. Sie schaltete den Fernseher aus und ging zur Tür, um das Licht zu löschen.

„Hallo, Carol", sagte Peter Karfer. „Ich habe gewartet, bis ich Sie allein antreffe. Ich sah Sie vorhin mit Agentin

Pyke sprechen, und das beunruhigt mich. Ich kann nicht zulassen, daß Sie sich aus einer Mordanklage herauswinden, deshalb denke ich, Sie könnten Ihre Schuld zementieren, indem Sie fliehen. Das würde reichen, meinen Sie nicht?“

18

Die Nacht war sehr dunkel, der Himmel bewölkt, es sah nach Regen aus. „Wir machen eine kleine Spritztour", sagte Karfer. „Dies ist Vertelles Revolver, übrigens. Eine Beretta, neun Millimeter. Die zermatscht einem ganz schön das Gehirn."

Er hatte ihr freundschaftlich den Arm um die Schultern gelegt, während er ihr den Revolver in die Seite stieß. „Hat deine Freundin Woolfe dir gesagt, daß der Revolver fehlt? Nein? Da frage ich mich, was sie dir sonst so erzählt hat."

Kiefers Wagen war eine dunkelblaue Limousine. „Ein netter anonymer Mietwagen", sagte er und dirigierte sie hinter das Steuer.

„Sie waren es, der Jill fast überfahren hat."

„Ich war's. Ich dachte, du wärst es, bei dem Regen konnte ich nicht viel erkennen. Aber das sollte dir bloß Angst einjagen, insofern machte es eigentlich nichts."

Steig niemals in ein Auto. Eine Standardregel bei Entführungen. Wenn sich das Opfer erst mal in einem rollenden Fahrzeug befand, reduzierte das die Überlebenschancen beträchtlich.

„Weshalb wollten Sie mir Angst einjagen?" fragte Carol so freundlich und locker, wie sie konnte.

„Weil ich das kann. Jetzt hast du Angst, nicht wahr?"

Sie fühlte, wie ihr Blut pochte, sie war kampfbereit. „Natürlich, Peter, bitte, tun Sie mir nichts."

„Versuch nicht, Zeit zu schinden. Hier ist weit und breit kein Mensch. Los, steig ein." Seine Zähne blitzten beim Lächeln. „Und glaub nur nicht, ich würde das Ding nicht benutzen, denn das würde ich, keine Sorge. Siehst du es vor dir, Carol, du liegst am Boden und spuckst Blut, während ich deine Finger auf den Griff der Beretta presse." Er schüttelte mit spöttischem Bedauern den Kopf. „Was für ein tragischer Selbstmord und dann auch noch so blutig."

Carol überschlug ihre Chancen, ihn außer Gefecht zu setzen, solange er ihr die Pistole in die Rippen rammte, und sagte: „Sie haben gewonnen."

Ihre Worte befriedigten ihn, wie sie beabsichtigt hatte. Er stieß sie auf der Beifahrerseite in den Wagen. „Rutsch rüber hinter das Steuer und mach keine Zicken. Ich setze mich neben dich."

Amüsiert sah er zu, wie sie sich über die Mittelkonsole zwängte. Er stieg ein und reichte ihr den Schlüssel. „Fahr los."

Sie ließ den Wagen an. Vor der Einfahrt zur Adademie stand ein Wachposten. Das wäre ihre Gelegenheit.

Als hätte er ihren Gedanken gelesen, erklärte Karfer: „Mach keinen Versuch beim Wachmann. Wenn du es tust, schieß ich ihm ins Gesicht, und anschließend knall ich dich ab."

„Ist dann nicht Ihre Selbstmordgeschichte beim Teufel?"

„Da fällt mir schon etwas ein, wie immer."

Unwillkürlich ächzte sie, als er ihr den Lauf in die Seite stieß. „Na los, Carol, spiel deine Rolle. Du wolltest mein Auto borgen für eine Spritztour, und ich habe gesagt, daß ich mitkomme."

Der Wachposten am Tor war freundlich. Er prüfte ihre Ausweise und sagte: „Spät für euch, Leute."

„Sie wissen ja, wie das ist." Karfer kniff ihm ein Auge zu. „Keine Privatsphäre in der Akademie." Er legte Carol den linken Arm auf die Schulter, mit der rechten Hand preßte er ihr den Revolver unter seiner Jacke in die Seite. „Man muß doch mal fünf Minuten allein sein können."

Der Wachposten grinste. „Schon recht, ich bin im Bilde." Er trat zurück.

„Sehr gut", lobte Karfer, als sie durchs Tor rollten. „Wir fahren auf die Fünfundneunzig."

„Das ist doch hirnrissig."

Er grunzte ungeduldig. „Natürlich ist das nicht hirnrissig. Sowas sagen kleine Geister immer, wenn sie nichts kapieren."

„Was gibt's da zu kapieren? Sie haben Yench ermordet und dann Vertelle umgebracht."

„Siehst du? Du kapierst nichts."

„Dann erklären Sie's mir."

Triumphierend lachte er laut. „Du warst das, Carol, jedesmal *du*."

Sie warf ihm einen raschen Seitenblick zu. Im Licht des Armaturenbretts trat das Grübchen in seinem Kinn deutlich hervor. Seine vollen Lippen verzogen sich zu einem ironischen Grinsen.

„Ich wollte dich eigentlich in Sydney umbringen, aber dann kam dieser FBI-Lehrgang, und ich dachte, warum nicht ein anderes Land? Eine neue Herausforderung?“

Ein Auto hupte wild. Carol konzentrierte sich sofort wieder auf die Straße, und Karfer rammte ihr den Lauf in die Rippen. „Du bringst uns noch beide um, wenn du nicht aufpaßt.“ Er klang jovial.

Es war irritierend, daß das Steuer links saß, wo in Australien der Beifahrersitz war. „Ich bin es nicht gewohnt, auf dieser Seite der Straße zu fahren.“

„Dann konzentrier dich. Und wehe, du machst die Warnblinkanlage an oder blendest auf. Ich merke das sowieso.“

Sie riskierte noch einen raschen Blick zu ihm. Sein kurzes sandfarbenes Haar und die goldgerahmte Brille vermittelten ihr etwas von ihrer geordneten Welt, doch unter dieser bekannten Oberfläche war ein Fremder.

„Ich beobachte dich schon ganz lange“, dröhnte Karfers Stimme direkt neben ihr. „Ich hab' nur abgewartet, bis alles stimmt. Wir haben uns hier und da getroffen, und ich wußte, bei dir hatte ich Macht über Leben und Tod, so wie damals in der Schule bei diesem Schinder namens Shales. Ich habe ihn exekutiert, und niemand schöpfte Verdacht. Du kannst dir natürlich vorstellen, was für ein Gefühl das war.“

„Sie haben sich gefühlt wie Gott.“

Karfer schnaubte belustigt. „Sehr gut, Carol. Du strengst dich echt an, aber am Ende ändert das nichts.“

Sie bogen nach Norden auf den Freeway ab, auf dem selbst zu dieser späten Stunde der Verkehr in beide Richtungen strömte. Inzwischen fiel leichter Regen, und Carol suchte nach dem Scheibenwischerhebel. „Fahren wir nach Washington?" fragte sie.

„O nein, wir fahren viel weiter. Ich habe mich kundig gemacht, wenn ich dir nicht gefolgt bin, und ich glaube, ich habe die ideale Stelle gefunden."

Carol blickte auf ihre Hände, die das Lenkrad umklammerten. „Die ideale Stelle, mich umzubringen?"

„Das hoffe ich."

Carol merkte, wie sie innerlich vor Wut kochte. Das würde nicht mit ihr geschehen. Sie sagte: „Wir fahren jetzt siebzig Meilen, das sind gute hundertzehn Stundenkilometer. Wenn ich mit dieser Geschwindigkeit irgendwo auffahre, sind wir beide tot, würde ich sagen."

Karfer reichte hinüber und öffnete ihren Sitzgurt. „Du ganz bestimmt", sagte er und lachte leise. „Aber das wirst du doch wohl nicht tun, Carol? Du mußt einsehen, daß der Tod unausweichlich ist – und daß ich nicht so pervers bin, dich leiden zu lassen. Aber noch hast du Hoffnung – du hoffst bis zum Ende. Daß du vielleicht fliehen kannst. Daß ich vielleicht meine Meinung ändere. Daß du es mir vielleicht ausreden kannst."

„Eines zumindest könnten Sie tun", sagte Carol. „Sagen Sie mir, warum?" Sie war voll auf die Straße konzentriert und suchte nach irgend etwas, das ihr eine Möglichkeit böte. Sie waren von Fahrzeugen umgeben, von zahllosen Menschen, die es eilig hatten, nach Hause zu kommen, ihr irdisches Ziel zu erreichen.

Karfer machte es sich auf seinem Sitz bequem. „Warum du? Oh, du bist ja so ein goldiges Mädchen mit allem, was du dir wünschst. Immer kennst du die richtigen Leute, immer ziehst du die richtigen Strippen. Ich habe gesehen, was für eine Aufmerksamkeit du bekommst, wie du auf dem Bildschirm erscheinst und in der Presse. Die berühmte, die wunderbare, die heiß begehrte Kriminalkommissarin Carol Ashton."

„Dann geht es bloß um Futterneid, Peter?"

Sie stöhnte auf, als er ihr den Pistolenlauf heftig in die Rippen stieß. „Mein ganzes Leben ist unfair gewesen", sagte er. „Nie bekam ich die Möglichkeiten, die alle anderen hatten."

„Sie haben es weit gebracht."

Er ignorierte ihre plakative Bemerkung. „Ich bin talentierter als du. Ich bin schlauer und schneller, aber das hat nicht viel gezählt. Du bekamst alles auf dem Tablett serviert, während ich mir den Arsch aufreißen mußte."

Carol merkte, daß es eine fruchtlose Debatte war, und fragte ihn höflich: „Und Yench und Vertelle? Wie passen die da hinein?"

„Ad hoc denken, Carol, darin liegt der Spaß. Ich habe ständig beobachtet – ich weiß, daß du nichts bemerkt hast –, und ich hab' gesehen, wie Magic Mike dich angemacht hat, und wie du ihn verkrüppelt hast, und da dachte ich: *Das ist der Anfang. Hier entfaltet sich alles, so wie es sollte.*"

„Ich verstehe nicht."

„Natürlich nicht. Mir war sofort klar, daß du mir die ideale Situation geliefert hast, direkt in dem Augenblick, als du ihn attackiertest. Für genau so eine Gelegenheit hatte ich diesen netten kleinen Totschläger bei mir. Ich sah, wie du dich umschautest, aber du hast mich hinter den Bäumen nicht gesehen. Sobald du weg warst, ging ich zu ihm, schlang den Arm um ihn und half ihm um das Gebäude herum. Es war niemand zu sehen, es war dunkel, also *carpe diem*, ich nutzte den Tag."

Er gluckste begeistert. „Es war so erregend, so *richtig*. Mich überraschte, wie schnell alles ging. Ich zog den Totschläger auseinander, und, stell dir vor, Mike sagte doch tatsächlich zu mir: *Was ist das?* Das waren seine letzten Wort. Ich hieb ihm eins über – aber nicht zu hart –, und er fiel, dann kam er auf die Knie, und ich half ihm hoch und schmetterte seinen Kopf gegen die Wand, so fest ich konnte. Rums!"

Karfer klatschte die Hände zusammen, und Carol erschrak.

Triumphierend fuhr er fort: „Mikes Kopf knallte ganz laut, aber niemand hörte es. Blut lief aus seinen Ohren, er verdrehte die Augen, und ich wußte, daß er starb. Ich zog ihn unter die Büsche, dann lief ich zum Speisesaal und setzte mich an unseren Tisch. Ich unterhielt mich mit dir und wußte die ganze Zeit, daß er da draußen starb und daß du, meine liebe Carol, zu Fall gebracht worden warst, und es noch gar nicht wußtest."

Der Regen, bis jetzt ein störender Nieselregen, platschte in großen Tropfen auf die Windschutzscheibe. Karfer beugte sich herüber und stellte die Scheibenwischer hoch. Er war aufgedreht und fröhlich, weil er ihr erzählen konnte, wie raffiniert er gewesen war.

„Du warst so entgegenkommend, Nikki von der Szene mit Mike zu erzählen, Carol. Hättest du es nicht getan, hätte ich selbst es aus dir herauslocken müssen, was ja nicht schwer gewesen wäre. Ich wußte, daß du damit prahlen mußtest, den besten Mann außer Gefecht gesetzt zu haben."

Angespannt hielt Carol nach einem Streifenwagen Aussschau, den sie rammen könnte in der Hoffnung, daß Peter Karfer soweit bei Sinnen war, sie nicht vor den Augen der Polizisten umzulegen.

Sie fragte: „Warum haben Sie sich solche Mühe gegeben, Yenchs Tod als Unfall erscheinen zu lassen, wenn Sie mich da hineinziehen wollten?"

„Ach, Carol, jetzt zeigst du, woran es dir mangelt. Du hast keine Fantasie, nicht die Kreativität, so etwas zu planen und durchzuführen."

„Aber Sie, Peter!"

„Der Beweis liegt vor dir, doch du kriegst es nicht mit. Mike stirbt, und es ist vielleicht ein Unfall, vielleicht auch nicht. Nur ein paar Tage später stirbt Vertelle, und plötzlich weist alles auf dich. Zwei Männer haben Konflikte mit dir, und beide sterben an Kopfverletzungen. Vielleicht kannst du dich aus dem einen Mord herauswinden, aber nicht aus dem zweiten. Und beim zweiten ist es ein FBI-Mann – das war meine Absicht, damit dir die Todesstrafe sicher ist."

Er seufzte befriedigt. „Ich wünschte, ich hätte dein Gesicht sehen können, als du den Schlagstock in deiner Kulturtasche entdeckt hast. Ich war ein paarmal in deinem Zimmer und hab' mich nach deinen Sachen umgesehen."

„Zum Teufel, Peter!" Der Gedanke, daß er ihre Sachen durchwühlt hatte, erboste Carol.

„Ich hab' mir gedacht, daß du erst am nächsten Morgen duschen würdest, deshalb hab' ich den Totschläger in deine Tasche getan. Das war knifflig, und ich mußte ein bißchen herumlungern, aber es hat sich gelohnt."

Er starrte durch die nasse Windschutzscheibe. „Gleich kommt unsere Abfahrt. Bieg in die rechte Spur und fahr langsamer."

Carol überlief eine Gänsehaut. Wären sie erst abseits der Schnellstraße, sänke ihre Überlebenschance gegen Null. Sie mußte seine Aufmerksamkeit vom Verkehr ablenken und auf sich ziehen. Mißbilligend sagte sie: „Sie haben zwei Menschen umgebracht, bloß um mich zu Fall bringen zu können?"

„Genau. Und es wird dir sehr schwer fallen, mich davon zu überzeugen, daß die Welt ohne diese beiden Arschlöcher nicht viel besser ist."

„Sie haben sie gar nicht umgebracht, um mich fertigzumachen, Peter, Sie haben es getan, weil sie Ihnen das Gefühl von Minderwertigkeit gegeben haben."

Seine gute Laune erstarb. Sofort verstärkte er den Druck des Pistolenlaufs in ihre Seite, der auf den letzten Meilen nachgelassen hatte.

„Elende Säcke, die beiden", zischte er. „Führten sich auf, als wären sie die Größten. Kommandierten alle Leute herum wie ihre Dienstboten." Er redete sich zusehends in Rage, und seine Stimme bebte vor Wut. „Denen hab' ich's gezeigt."

Weit vorn auf der rechten Spur des Freeway nahm sie ein blinkendes Blaulicht wahr. Sie starrte durch den Regen und hoffte, daß es sich um eine Polizeipatrouille handelte. „Ich behandle Sie aber gar nicht so, Peter“, sagte sie.

„Du bist noch schlimmer. Du bist subtil. Ich habe gesehen, wie du dich über mich lustig machst und dachtest, ich merke es nicht. Glaub nicht, ich hätte deine heimtückischen Seitenhiebe nicht bemerkt und wie du mich hinter meinem Rücken lächerlich machst.“

Carols Adrenalin stieg. Sie näherten sich tatsächlich einer Polizeipatrouille, die hinter einem anderen Wagen stand, vielleicht wegen einer Geschwindigkeitsüberschreitung.

Sie wußte, daß sie ihn ablenken mußte, damit er nicht nach vorn sah und die Patrouille entdeckte, deshalb lachte sie höhnisch. „Ich hab' Sie für schlau gehalten, Peter, aber hiermit haben Sie sich selbst Ihr Grab geschaufelt.“

Verdutzt drehte er sich zu ihr. „Wovon redest du?“

„Hiervon. Von meiner Entführung. Ihr Plan beruht darauf, daß ich des Mordes verurteilt und hingerichtet werde, damit Sie sich an dem Prozeß so richtig weiden können in dem Bewußtsein, die ganze Sache gelenkt zu haben. Aber jetzt hat der Wachposten gesehen, wie Sie die Akademie mit mir verlassen haben. Und dann bin ich verschwunden. Wie wollen Sie das erklären?“

Rasch näherten sie sich dem Streifenwagen. *Gott, bitte mach, daß es klappt.*

Laut sagte sie: „Man wird Sie verdächtigen, mich umgebracht zu haben und vielleicht auch die anderen. Diesmal haben Sie wirklich Scheiße gebaut, Peter.“

Er sah die Polizeipatrouille genau in dem Augenblick, als sie das Steuer herumriß und auf die Bremse trat.

„Du Fotze!"

Der Wagen schleuderte mit quietschenden Reifen, das Lenkrad schlug in ihren Händen aus.

Karfer knallte gegen die Tür, brüllte etwas mit weit offenem Mund, während er den Revolver hob.

Carol starrte in die schwarze Pistolenmündung.

Über ihre Schulter sah sie Blaulicht blinken, dann krachte sie seitlich in das Polizeifahrzeug. Metall riß wie Folie, als der Airbag vor ihr expoldierte.

Fast gleichzeitig zerbarst der Knall eines Schusses in ihrem Kopf, die Hitze verbrannte ihre Wange.

Dann waren da kalter Regen, Dampfgeruch und warmes Blut, das ihr übers Gesicht strömte.

19

Einen ganzen Tag und eine Nacht verbrachte Carol im Krankenhaus, weil sie wegen der Kopfverletzung unter Beobachtung stand. Jill erschien mit einem riesigen Obstkorb, betüterte sie wie eine Glucke angesichts ihrer Wunden. „Hal sagt, du kannst klagen."

„Klagen? Gegen wen? Ich habe das Auto mit Absicht zu Schrott gefahren."

„Tja, natürlich ist dies hier Amerika", sagte Jill. „Vielleicht werden die Bullen dich verklagen."

„Was ist mit Michele Rackham passiert?"

Jill sank auf den Metallstuhl an Carols Bett. „Sie hat gestanden. Hal wollte kämpfen, wie Hal eben so ist, aber Michele bestand darauf."

„Aber warum hat sie jemanden gedungen, damit er ihren Mann umbringt?"

„Sie wollte sich mit dem begnügen, was sie hatten, und er wollte das große Ding drehen und in die Staaten expandieren. Michele erzählte mir, als sie in unserer Suite Zuflucht suchte, wie sehr sie sich deswegen zerstritten hatten. Sie war sicher, daß sie alles verlören, was sie sich aufgebaut hatten – sie besitzen überall auf der Welt Investments und Immobilien –, weil bei Drogenverbrechen das gesamte Vermögen konfiziert werden kann.

Doch Rackham wollte nicht hören, deshalb – so erzählte mir Michele – war sie gezwungen, drastische Schritte zu unternehmen."

Nachdem Jill gegangen war, brütete Carol über Michele Rackhams Entschluß, ihren Mann umzubringen, und dachte sarkastisch, daß man am besten immer alles selbst machte. Einen bezahlten Mörder zu engagieren, entpuppte sich noch jedesmal als schlechte Idee. Wenn die Sache erfolgreich verlief, war man jeder Erpressung seitens des Mörders ausgeliefert. Wurde der Mörder geschnappt, handelte man offenbar üblicherweise eine Kronzeugenregelung aus.

Definitiv war professionelle Hilfe an dieser Stelle nicht die beste Option, befand Carol.

„Du siehst beschissen aus", sagte Leota fröhlich.

„Ich fühle mich beschissen." Carol war steif und fühlte sich elend. Sie hatte zwei gebrochene Rippen, eine Streifschußwunde, weshalb man ihr teilweise den Kopf rasiert hatte, und Pulverstaubverbrennungen auf dem Gesicht.

„Nenn mich voreingenommen", sagte Leota und schlang den Arm um sie. „Aber für mich siehst du noch immer verdammt gut aus."

Sie führte Carol zum Wagen, der frech auf dem Parkplatz vor der Klinik mit dem Schild *Nur für Ärzte* stand. „Ich habe mir ein paar Tage freigenommen, um bei dir Florence Nightingale zu spielen", erklärte Leota, während sie die Tür öffnete und Carol in den Wagen half. „Und ich habe dir zu Ehren sogar meine Wohnung geputzt."

Grinsend stichelte Carol: „Meine Güte, du kannst den Rackham-Fall so lange liegen lassen?“

Leota war hinter das Lenkrad geschlüpft. „Ich denke, mein Name ist dort wohletabliert“, sagte sie. „Ich denke daran, mich als nächstes mit dem Peter Karfer-Fall zu befassen.“

Carol verging das Grinsen. „Wird der Staatsanwalt die Todesstrafe beantragen?“

Seit vielen Jahren war in Australien die Todesstrafe abgeschafft, und Carol hatte noch nie erlebt, daß einer der Mörder, die sie verhaftet hatte, für sein Verbrechen mit dem Tod bestraft worden war.

„Ganz bestimmt!“ erklärte Leota befriedigt.

„Aber er ist verrückt, Leota. Er ist nicht voll verantwortlich.“

Leota beugte sich hinüber und tätschelte Carols Knie. „Wirklich verrückt war“, sagte sie, „daß er es ausgerechnet auf dich abgesehen hatte. Ich würde sagen, er war eindeutig nicht bei Sinnen, das zu versuchen!“

Claire McNab im Verlag Frauenoffensive

Die Carol-Ashton-Krimis

Unter Verdacht
ISBN 3-88104-349-7

Der Trick
ISBN 3-88104-332-2

Überfällig
ISBN 3-88104-321-7

Kettenbrief
ISBN 3-88104-309-8

Geheimer Kreis
ISBN 3-88104-290-3

Marquis läßt grüßen
ISBN 3-88104-277-6

Bodyguard
ISBN 3-88104-264-4

Das Ende vom Lied
ISBN 3-88104-242-3

Ausradiert
ISBN 3-88104-217-2

Tod in Australien
ISBN 3-88104-214-8

Die Denise Cleever-Thriller

Mord undercover
ISBN3-88104-337-3

Mord inklusive
ISBN 3-88104-343-8

Die Romane

Stummes Herz
ISBN 3-88104-269-5

Unter dem Kreuz des Südens
ISBN 3-88104-247-4

Offensive Krimis – eine Auswahl

Angelika Aliti

Die Sau ruft
ISBN 3-88104-297-0

Kein Bock auf Ziegen
ISBN 3-88104-310-1

Heißes Herz
ISBN 3-88104-333-0

Kate Calloway

Erster Eindruck
ISBN 3-88104-292-X

Zweite Geige
ISBN 3-88104-299-7

Dritter Grad
ISBN 3-88104-304-7

Vierter Anlauf
ISBN 3-88104-315-2

Fünftes Rad
ISBN 3-88104-322-5

Sechster Sinn
ISBN 3-88104-327-6

Siebter Himmel
ISBN 3-88104-338-1

Shirley Seul

Kopflos
ISBN 3-88104-311-X

Schwamm drüber
ISBN 3-88104-336-5

Verlag Frauenoffensive

Offensive Krimis – eine Auswahl

Bella Fall

Kein Sonnenaufgang in Afrika
ISBN 3-88104-348-9

Merrilee Moss

Fedora geht
ISBN 3-88104-342-X

Janet McClellan

Kansas City-Bomber
ISBN 3-88104-305-5

Kim Engels

Späte Rache
ISBN 3-88104-316-0

Karen Saum

Mord ist relativ
ISBN 3-88104-209-1

Kitty Fitzgerald

Die Frau gegenüber
ISBN 3-88104-222-9

Verlag Frauenoffensive